KEY·可以文化

堀田善卫作品

热情的去向

情熱の行方
スペインに
在りて

[日] 堀田善卫———著

陆求实———译

浙江文艺出版社
Zhejiang Literature & Art Publishing House

目 录

第一章　圣地亚哥-德孔波斯特拉

圣地亚哥-德孔波斯特拉①笼罩在一片烟雨迷蒙之中。

与仿若半沙漠一样、到处是荒芜的砂地和棱磳的岩石的卡斯蒂利亚和安达卢西亚那些地区比起来,位于伊比利亚半岛西北端的加利西亚地区,其丰茂的绿植、起伏平缓的山丘,以及点缀在绿色中的白雪雪的花岗岩,令人目不暇给。

这片大地的尽头被称为菲尼斯特雷角(意为"大地之极"),是一个被大西洋的汹涌浪涛激刷斫击而成的海岬。断崖之上有灯塔,背后的入海口处则是一个小渔村,就是这样一个旷瘠之地,不仅对于西班牙人,而且对欧洲的许多人来说,它也是大地之涯。作为地中海入海口(或者说出海口)的直布罗陀从前曾经被视为地狱之所,那么这处大地之极又给人以

① 西班牙加利西亚自治区的首府,有时简称为圣地亚哥。——本书注释如无特别说明,均为译者注

什么样的感受呢？

无论如何，有一点是可以肯定的，就是除了旷瘠的地上景物，只有一望无际的大海，这样的景象带给人们的绝不会是心情愉悦。

它是欧洲的西部边境。

由于大西洋带来的海洋性气候，加利西亚地区多雨多雾，因此这儿的景色不同于西班牙的大多数地区，倒是与苏格兰或爱尔兰地区更加接近。这里的人种也属于凯尔特人，常见的乐器也不是吉他和响板，而是风笛。在这样空气不够干燥的地方，吉他和响板是发不出悦耳的乐音来的。

究竟是什么原因，让这个欧洲最西边的端涯在历史上的中世纪不仅仅吸引了欧洲人，根据史书记载，甚至还吸引了远自印度以及埃塞俄比亚的人们前来这里朝圣呢？

即便从巴黎算起，单程约 1500 公里、往返也有 3000 公里，少则二三人或者七八人，多则数十人组成一团，往返一次最快也需要大约九十天。在缺乏交通工具的中世纪，只有王侯贵族才可能骑马或乘坐马车。至于道路，特别是翻过阿尔卑斯山进入西班牙境内后，没有一条道路不是坑洼不平的。从十九世纪以后英国陆军间谍的报告中还可以非常清楚地得知一个不堪的事实：虽然早在两千年前尚属罗马帝国殖民地的时代,这里已经有了较为现代化的石板铺设的道路,但进入中世纪后,这些石板路早已垮塌得不成样子。由于人们不再像罗马人那样需要借助这些道路进行交通、贸易和战争等,于是便纷纷将石板扒出,拿回去当作造房子的建筑材料。有些石板路即使得以幸免,也或者被森林侵没,或者被洪水冲走。总之,没有一条像样的道路。

今天,我们不止在西班牙西北部的山坡和溪谷间,甚至就在高速公路近旁,或者其他毫不相干的地方,也能看到罗马时代的石桥仿佛被人丢弃了似的孤零零地架在那里,让人不由得感觉胸口沉重。我曾经在靠近北部海岸一个牧场边的村庄里居住过,不止一次看见过这样残损的石桥,从而令我感悟到,有一种光阴,它与时钟没有任何关系,是人眼看不见手摸不到的,但它就寂然地存在着。这种感悟或许就是历史感悟的原型,它可以解释其他一切现象。

在圣地亚哥-德孔波斯特拉迎接我的,也是这种古石一般的光阴。在这里我先提前下个结论,也许有点极端,但的确可以说,我的欧洲感悟大部分都装填着这种古石一般的光阴,或者是已经化作了光阴的古石……

位于欧洲端涯的圣地亚哥-德孔波斯特拉,和罗马、耶路撒冷一道，是昔日的基督教徒们心目中的三大圣地之一。前来此地的朝圣者，虽然没有人做过准确的统计，但在人数最多的十二、十三、十四世纪，据说每年达到 80 万至 100 万之众。

史书中将这种盛况归因于人们平安地度过了千禧年这样的世纪末灾难、末世之劫。虽然我对此实在难以想象，但在欧洲，这确确实实是个大事件。

朝圣者们的集结点之一，是位于巴黎塞纳河右岸、市政厅附近的一个广场，名叫圣雅克塔①。在欧洲，有件事情非常麻烦，不光是宗教上的圣徒名字，甚至国名、地区名，也会因地域不同而有不同的称呼。举个简单的例子：西班牙名字"圣地亚哥"在《圣经》的日文翻译中一般都译为"圣雅各伯"，而在法国则读成"圣雅克"，在英国则读成"圣詹姆斯"。我现在所居住的西班牙加泰罗尼亚地区，"佩德罗"这个名字按加泰罗尼亚语的发音要读成"佩雷"，倘若不这样对方就会不高兴，这是很令人头痛的。更要命的是，假如与这个佩雷一起去马德里，同样是这个佩雷，却又会主动要求对方按照卡斯蒂利亚的习惯叫他"佩德罗"。这就是欧洲。

———————————

① 圣雅克塔是法国巴黎第四区的一座哥特式塔楼，是昔日圣雅克教堂仅存的遗址。1836 年巴黎市买下这座塔楼并围绕它建起一座广场，但巴黎市民仍习惯性地称这座广场为"圣雅克塔"。

现在位于巴黎圣雅克广场的这座圣雅克塔,和昔日它近旁的圣雅克教堂同属于哥特式建筑,大革命期间教堂被拆除,而它则得以幸存了下来,不过,却已经无法再让人们回想起往昔的朝圣者们了。塔内端放着思想家帕斯卡尔①的坐像,塔外的广场一角则立有《奥蕾莉娅》的作者——诗人奈瓦尔②的纪念碑,不禁让人疑惑,这一切是不是在竭力拭去某种宗教的召唤?这种召唤直到数百年前还曾席卷全欧洲,令基督教徒们心旌激荡地踏上朝圣之路。

但,这是很难拭去的,从广场穿过西岱岛一直向南、向南而下——从地形来讲则是向上登坡而行——的这条道路,是巴黎市内以单一路名命名的最长的道路,它的名字叫作圣雅克大街。

朝圣者们走在这条道路上,按照日本式的想象应该是三三两两地向南而行,然而实际上并非如此。据说这些朝圣者可以分成九大群:首先是步伐迟缓的老人,他们中有一半以上会客死途中;其次是骑士团,他们是保护女性朝圣者的;然后

---

① 布莱兹·帕斯卡尔(Blaise Pascal, 1623—1662):法国十七世纪的数学家、物理学家、哲学家,他在理论科学和实验科学两方面都做出了巨大贡献。

② 热拉·德·奈瓦尔(Gérard de Nerval, 1808—1855):本名热拉·拉布吕尼,法国浪漫主义诗人、小说家,也是象征主义文学的先驱,代表作有《幻象集》《奥蕾莉娅》《火的女儿》等。

是神职人员和修道士，王族、贵族、枢机主教等也包括在其中；再后是罪犯，他们被要求选择或是在狱中服刑，或是参加朝圣。至此，已经可以看出这一盛大的朝圣之旅很难说是纯洁的信仰之行了，这其实就是一幅人间世相图。他们之中不少人进入西班牙境内第一个城市潘普洛纳之后，买一枚证明自己确实走过朝圣之路的标志便立马返程，当然，也有的人没有返回，而是改行做起了专门打劫朝圣者的买卖。接下来是乞丐、小偷、劫路贼等以鄙劣勾当为生计的无藉之徒，其中有的乞丐身体完好无损，但却将手或脚捆绑起来，假装成肢体有疾。怎么才能巧妙地捆绑手足不露破绽呢？居然还有图解书籍专门教授此道，原来这也是一门生意经。还有一些是商人、建筑师、画师、雕刻师以及街头艺人等，这些人更称不上是去朝圣的，因为在中世纪，对这些人来说生计所在便是栖居之所在，国境国别什么的完全不在考虑范围之内。再有一群人是表面上朝圣，其实负有其他政治使命、以神职人员身份作掩护的间谍。他们是受欧洲的王侯派遣去的，因为以南法的朗格多克地区、图卢兹地区为中心的比利牛斯山脉一带被异教徒所盘踞，并且西班牙的纳瓦拉王国一直在法国和卡斯蒂利亚王国之间摇摆不定，王侯们亟需掌握关于纳瓦拉的动向。

　　除此以外，还有一部分人则无论从阶层，抑或从社会身份上,都无法清晰地加以划分。他们跟随在朝圣大军后面,整个朝圣之旅中,随处可见这样的人断断续续地出现在队伍末端,有来自社会各个阶层的身患不治之症者,比如麻风病患者;还有各色各样的肢体残疾者,宛如略带嗜虐怪癖的画家戈雅①笔下所描绘的那些人物……

关于这些朝圣者,我曾经在别处②也有过记述,之所以会再次写到这个主题,撇开上面提到的最后一部分人不说,是为了弄清楚究竟是什么促使他们舍弃安居的家、抛别亲人,并且明知年长者的死亡率高达百分之五六十仍抱着赴死的决心、克服对一路艰辛的畏惧踏上朝圣之路的?"当你走不动了的时候,就是你的死期!继续往前走,一步接一步往前走!不要停,不要朝后看,不要和大队走散,即使往前走不过去,也要原地踏步,不能停下来!"究竟是什么力量,让他们内心生出如此的冲动?我实在无法抑制想要究明这一点的念头。

走在前头的两三群人,大致都怀着赴死的信念,处置了所有家产财物,写下遗书交付公证人,然后才出发的。可以从中

---

① 弗朗西斯科·何塞·德·戈雅-卢西恩斯特(Francisco José de Goya y Lucientes,1746—1828):西班牙画家,是西方美术史上开拓浪漫主义艺术的先驱,代表作有《裸体的玛哈》等。
② 指《西班牙断章》。本书为其续篇。

窥见这部分人"心境"的文书文献数量不算少，但我读了这些记载，却始终只能感受到一点，即他们身为异教徒的"罪恶"感、"罪障"感。说实话，这让我很不以为然，因为这就好像在说，罪恶越是深重，救赎也越强胜似的。

尽管时代和社会已然大不相同，但我还是这样觉得，毕竟人性是相通的。

虽然如此，但我并没有打算在社会、宗教以及其他种种状况今昔全然不同的情况下，清晰而准确地去把握中世纪人们那时候的心情、心境，更不消说，史书中早已就他们的各种动机或原因一一做出了解释。然而不可避免的却是，越是对其动机和原因进行解释，就越发使情况显得谜影重重。

倘若因此而从相反方向，即从世俗的角度试图进行解释，则又显得有些简单粗暴和卑俗。

最后这一群人中，有的是因为患了不治之症，才抛家舍业踏上朝圣之路的，这类人还不在少数。对于麻风病人而言，路旁或教堂内的台阶就是他们的生存场所，一直到半个世纪之前，日本也是这副情形。我小时候就曾在熊本的清正公神社①

---

① 清正公指日本安土桃山时代的著名武将加藤清正（1562—1611），是肥后熊本藩的初代藩主。他深受当地民众爱戴，被尊称为"清正公"并在神社内奉祀。

里见到过这样的人，当时感到十分害怕。

中世纪的西欧，有种叫黑死病，也就是鼠疫的瘟疫，人们几乎每隔一阵就会受到它的侵袭。十四世纪时，西欧人口的四分之一至三分之一死于这种可怕的疾病。人们一旦发现谁出现患上这种瘟疫的征象，立即会将其赶出城市或村庄，赶到少有人经过的路旁，换句话说，就像丢弃一件东西一样将其抛弃。

今大，在西欧一些地方仍保留有关于防治黑死病的法律。

身体残疾或者发病的人，由于受到圣人的恩宠而突然痊愈，这种传闻多不胜举，在此就无须举隅了，这些人的病症列举起来恐怕比日本的病草纸①上所搜罗的还要繁多。夜晚——据说这是真实发生过的事情——来自教堂的某某圣人来到其人身旁，对他说："这是和你患了同样疾病的人的骸骨和遗物，对治疗你的疾病大有益处。"对于患者这真是莫大的慰藉，也是最大的救助。

随着时代兴替，过去曾经被视为对神虔诚的一些行为越来越受到怀疑和非难，这也是无可奈何的事情。

一直没能嗣育孩子的男子，怀着期望前往圣地亚哥朝圣，

---

① 病草纸是记录各种疾病及身体缺陷的画卷，其中有九幅现收藏于京都国立博物馆。

离家经年之后回到家里,果然生下两个孩子……

听到这种事情,最先的反应便是,这无非是迷信,抑或历史传说,这种事情如果轻易地信以为实,就大错特错了,我既不是实证论者,也不是历史学家。

以下是几例从反面进行解释的例证,当然,纯属个案:

某人债台高筑,一筹莫展,于是惶惶然踏上朝圣之路,至少,在他朝圣期间肯定不会有人上门来催债了……

某人被视为具有异端倾向,因而备受苛责,他带着悔改之念前去朝圣,结果在圣地亚哥大教堂的圣坛前结束了生命。这在当时被认为是种无上的幸福,于是他作为虔诚而幸福的朝圣者的象征,受到人们交口赞颂,成了那些对信仰怀疑动摇的人的希望……

某主教因为不想参加罗马教皇召集的会议,便出发去朝圣……

某学者为了与身在西班牙的伊斯兰教著名学者和犹太教学者会晤,而踏上朝圣之路……

或许我所举的,尽是些简薄而又卑俗的例子。不过这样的例子确实还有不少。

又如代人朝圣。有人写下遗言,表明将自己的一部分遗产"赠予某个生活贫困的人",同时让其代替自己前往圣地亚哥大教堂祈祷,并献上供物和金钱;有的妇女为了让丈夫痼疾尽早痊复而令仆人代夫朝圣……不仅仅是个人,有的城市和村镇为了避免干旱或暴雨灾害也会雇人朝圣,这样的事例同样不胜枚举,到了这个地步,朝圣简直成了一门代行产业。

列举这些事例确实毫无意义,但是,从圣行演变为俗尚,俗尚演变为生意经,却可以清楚地看到,随着时代变迁人类社会发生了多么显著的变化。

然而无论初心多么卑、多么俗,一旦接触了那种超现实的、超自然的东西,自身的灵魂与肉体得到救赎的强烈感受,同样是极其显著的,如同将一种社会制度置于那种被称为灵魂救赎的、异样且非社会性的东西之上来观照。说起来,所谓社会制度,原本即是根植于非社会性的那些东西之上,这种情况恰恰为此提供了证明。

就是这样,人们踏上朝圣之路。

不仅街头艺人,所有那些不拥有土地——这也就意味着没有赖以决定其社会价值的要素——的人们,可以说几乎都踏上了朝圣之路。换言之,也可以理解为,踏上朝圣之路的人群中,不乏受到社会歧视或差别对待的人。并且不只是中世纪,阅看文艺复兴时期的文献可以发现,澜浪于朝圣之路上的人,可谓不计其数,即便是被尊为王者,有时候也没有固定的宫殿,而是亲征统治。就以西班牙来说,直到十六世纪都没有首都、国王,也没有宫殿,成功将摩尔人也就是伊斯兰教徒从其国土驱逐出去(史称收复失地运动①)的伊莎贝拉女王、费尔南多国王②等,都是马背上的统治者,哪里出现问题就统帅军队奔赴哪里,倚仗武力进行外交活动,通过交易达成政治目的。

根据史书记载,罗马帝国没落后,许多街头艺人失去了固定且数量庞大的看客,竟使得欧洲所有的道路上都挤满了放浪天涯的艺人。在被土地所束缚的农民眼睛里,他们无疑是令人讨厌的家伙,而在都市定居者的眼睛里,他们和被人不齿的流浪汉、骗子、小偷等同属一类人,都是必须时刻戒备的对象。事实上,这些人以及十五世纪以后涌入欧洲的吉卜赛人,即便已然堕落为骗子、小偷之类,那也是他们曾经受到和仍在受到的歧视造成的结果。

---

① 又称再征服运动,指公元 718 年至 1492 年间历经约 8 个世纪的伊比利亚半岛北部的天主教国家逐步战胜南方摩尔人政权的运动。

② 伊莎贝拉一世(Isabel I la Católica, 1451—1504):卡斯蒂利亚女王,在其任内取得收复失地运动的最终胜利,并资助哥伦布发现了新大陆。费尔南多二世(Fernando II de Aragón el Católico;1452—1516):阿拉贡王子,娶堂姐伊莎贝拉。伊莎贝拉继承卡斯蒂利亚王位后宣布她与费尔南多为共同在位者("双王"),二人合力奠定了统一西班牙的雏形。

我们观赏莎士比亚的戏剧，假如没有这类艺人在幕间穿插表演，整部戏就连接不起来了。

自罗马帝国崩溃，一直到中央集权的领主国家成立，这段历史时期相当漫长。那段时期，没有明确的国境分界，"基督徒"成为唯一的身份保障，甚至起到护照的作用。然而前往圣地亚哥-德孔波拉斯特朝圣的人们，却需要安全通行证，或者类似护照一样的文件证明，否则很有可能有时候不被允许通行。

挤满道路的朝圣者中，既有身份高贵的人士，也有前面提到的街头艺人，总之，除了被土地束缚的农民以及都市里的定居者，几乎包括了各个社会阶层的人。倘使农民的土地所有形式发生变化，他们或者被迫，或者自愿加入朝圣人群；而都市定居者，一旦经济状况允许的话，也会加入到朝圣的大军中。

这似乎整个就是一个流浪者构成的社会，着实让人感到吃惊。

尽管可以从政治、经济、社会各个方面对这一盛况加以解释，但人们仍无法彻底消除这样的疑问：为什么？

街头艺人，以及只有在路上才能维持其生计的人除外，我探求了各色各样的理由，最终发现一个极为明显、不容置疑的

理由,若非要明确地说出来,那就是基督的一句话:

Ego sum via.

我即是道路。

我即道路、真理、生命。

朝圣者们的装束大致都有一定之规,这里且将街头艺人、乞丐及其他难以分类的人除外,其余人都是头戴一顶宽檐帽子(可以兼作雨伞使用),在额头的地方向上翻卷着,身穿衣裾长长的宽大袍子,肩挎毛毡和"头陀袋"①,拄着一根比人还长的杖棒,腰间悬一只硕大的瓠(用来盛水或葡萄酒)。而前往圣地亚哥–德孔波斯特拉的朝圣者们除此之外还有一大特征,那就是无论帽子上还是外套上,都粘着许多扇贝壳。这些扇贝——后面还会讲到——是盛产于据称圣徒雅各伯②曾经布教过的西班牙北部海岸一带的一种贝类,它也由此被视为这位圣人的象征。因为这层原因,在欧洲,倘若看到教堂使用的

① 又称捎马子、褡裢、百宝囊,因僧人游方修行时常用来装僧具、经卷等,故有此俗称。

② 圣徒雅各伯(Saint James):耶稣的十二门徒之一,他被尊为西班牙的守护圣人。

洗礼盆是扇贝形的,其实可以认为,那便是教堂在暗示自己与这朝圣之行之间的某种渊源关系。附带说一句,法国料理中有一道名菜叫"圣雅克扇贝"(Coquille de Saint Jacques),就是用肥厚鲜美的扇贝烹成的。

我们不必理会外套下面是何样穿着,这种千篇一律的装束,在服装严格受制于职业和社会阶层的贵贱分明的中世纪,似乎表明了一种天经地义的基于信仰的平等。

头戴宽大的帽子(因在额头处翻卷起来,因而很容易被误会为三角帽),肩挎"头陀袋",身披外套,手拄杖棒,浑身上下粘满必不可少的扇贝壳的朝圣者不绝于途,行进在法国西南部和西班牙北部的旷野上,宛似一场民族大迁徙。道路上既有前往的人群,也有完成朝圣而返回的人群。

尽管那个时代尚没有非常明晰的国境,例如似乎经常有人会说到像纳瓦拉王国的人可以在法国和卡斯蒂利亚两国之间跑来跑去,但事实上也并不是到处都可以自由通行的,朝圣者们进入城市或村庄,无论乘船渡河还是跨越桥梁,都必须向城市或村庄的守门人支付相当数额的税金。

这也说明,当时已经进入了能够自由交换的货币经济时代。

并且,他们所到之处的村民们虽然会恳请他们"到了德

孔波斯特拉也替我们向主祈祷!"但是并不代表所有人都欢
迎朝圣者的到来,更不会高高兴兴地为朝圣者们提供哪怕一
晚住宿。稍稍想一想就很容易明白其中的原委。西班牙北
部不像法国西南部那样到处是沃野,而是遍布颓岩碎石的全
然荒芜之地,农业生产水平也较低下,即使是定居于此地的
村民也为饥匮所苦,所以没有任何理由对这些素不相识、说
不准还会对自己做出什么险恶勾当来的流浪者(朝圣者)表
示欢迎。甚至在不少地方,村民们还手持棍棒,轮流在村口
警戒以防止朝圣者进入村子。加之西班牙的旅社或栈房原
本就不是供人住宿的,而是供马、羊、山羊等家畜栖息之所,
和日本的栈房最早就是堆放家畜饲料的场所一样。再者,没
有专门的法律约束旅社和栈房,若是在这样的场所发生什么
不测,对于朝圣者来说是要命的事情。况且当时已进入货币
经济的时代,意味着现金经济,而朝圣者们的所有家当都装
在"头陀袋"内,对小偷或以剪径为生计的恶徒来说,是种难
以抵抗的诱惑。

　　除此以外,朝圣者中有不少病人,万一猝死在村子里,也
是件非常麻烦的事情,埋葬死者既占人手也费金钱。

　　翻阅当时的文献资料,简直就有种病草纸与本草学混在
一起的感觉,杂乱无章,即使以世俗的眼光来看,朝圣者们所

经历的艰辛也是难以形容的。

首先是身体上的，疲顿、热病、腹泻、各种各样的炎症、结核病、由于不停地行走而造成的腿脚的各种不适和疾患……那些古老的旅行指南上大都会写着：某处的河水不可直接饮用……身体疲顿时最好泡个热水澡，同时可将百合根、木莓叶、麻树皮等煎煮而成的药汤趁热擦拭全身……关于足部护理，建议事先备上各种软膏每晚涂抹，用柳树根制成的软膏对脚底茧子和鸡眼有疗愈作用……患支气管炎时可将薄荷与蜂蜜或野生的三色堇煎煮后捣成糊状抹在布上外敷……吐血、便血、腹泻等也是常有之事，让人大跌眼镜的是，据称用蜘蛛网搓成药丸对于吐血或血痰十分有效，而将蝮蛇煮沸后的汤汁则具有清血的功效……

以上列举的应该只是众多疾患中的一小部分，现实当中自然还有更多怪奇和神奇的事情。大多数朝圣者终于抵达目的地德孔波斯特拉时，已然成了病人或半个病人，但这已经是上上大吉了。换句话说，他们到达德孔波斯特拉时的那种喜悦，是从疲顿和受病的躯体迸发的混杂着狂乱的喜悦。

既然朝圣之路如此艰辛，依照基督教的精神，这些朝圣者理应受到相应的组织和医院的很好保护。为此，前者有应运而生的圣地亚哥骑士团，后者则在一路上都设立有修道院兼行医院之职。据史书记载，这个骑士团组织在武力精强以及精通各国情报这一点上，堪称是国家之中的一个独立王国，因此后来终于招致统治者动用国家之力予以镇压。

但是，这里很自然会生出来一个疑问：既然如此艰辛、如此危险，为什么朝圣者们还非要跑去位于大地之极的圣地亚哥-德孔波斯特拉？

首先，不得不问一个问题：圣地亚哥，即圣雅各伯究竟是什么人？历史与传说，或者更准确地说，传说与历史早已混淆在一起，无法分割。像我这种对圣经学一无所知的俗人，面对种种圣地亚哥传说，感觉就仿佛是传说蹲踞在神的宝座旁，从那儿神气活现地俯视着历史学。

根据《圣经》记述，圣地亚哥（圣雅各伯）是最早追随耶稣基督的两个使徒——雅各伯和约翰兄弟二人中的哥哥，为加利利的渔夫西庇太与妻子撒罗米之子，其母撒罗米是"处女怀胎"的玛利亚的妹妹，因此雅各伯兄弟二人与耶稣基督是表兄弟的关系。撒罗米虽然嫁给了渔夫，但似乎生活比较富裕，她资助耶稣进行新宗教的布教活动，被称作"最后的晚餐"的那场聚餐也是她支付的资费。这兄弟二人积极地投入布教活动，以至耶稣给他们起了个"雷霆之子"的外号，他们目睹了耶稣被钉在十字架上,其后雅各伯仍坚持不懈四处布教,最终被希律王亚基帕①砍了头。

至此为止,与其说是被历史,不如说是被圣经学确认为历史事实。

从耶稣被钉在十字架上到雅各伯被砍头为止,根据《使徒行传》等著作的记述,耶稣的弟子也就是使徒们散至世界各地,辗转布教。我们从中可以看到埃塞俄比亚、印度、波斯、亚美尼亚、伊比利亚半岛等许多地名,其中雅各伯到达西班牙传布福音,并且拥有了九名改宗者的信奉和支持。而为了镇慰其不辞辛劳的布教,圣母玛利亚还专程赶到萨拉戈萨与他会面,当时玛利亚还在世,而这也是伊比利亚半岛上玛利亚崇拜的源起。此后,雅各伯更加全情投入于布教。布教活动告一段落后,他回到巴勒斯坦时不幸被斩首,成为殉教者并被埋葬在那里。

请容许我再一次使用"至此为止"这个表达。至此为止,经由事实或传说,又或者说口口相传,我们得以知晓大概的情形。而之后,事实和传说则又开启了另一个不尽相同的圣徒传版本。雅各伯遭砍头并被埋葬后,有人将他的尸骸从墓中

---

① 此处应指的是希律王亚基帕一世(Herod Agrippa Ⅰ),约公元 41 年至 44 年为犹太(Judea)王。

挖出,将头颅又原样安上,然后装上石船,经过七天七夜,向西穿过地中海驶入大西洋,然后北上运抵西班牙西北部的罗马帝国统治下的伊里亚弗拉维亚河口。身为异教徒的女王起初不同意将雅各伯的遗体下葬于此,后来似乎又因为种种顾忌,最终同意将其葬在内陆的罗马人墓地。

过了大约八百年,在公元812年或814年,一位隐士注意到罗马人墓地的上空星光异常灿烂,于是试着掘开墓,发现雅各伯的尸体竟一点儿都没有腐烂,也没有变形。

在西班牙,类似的传说或圣徒传比比皆是。或说是圣徒的遗体,或说是玛利亚像,或说是十字架,但几乎所有的传说都说到历经八百年后,墓地上空一隅发出明亮的异光……

时光流逝的这八百年,恰是伊斯兰教徒开始征服西班牙全境并达到统治最盛期的八百年。

传说这具在罗马人墓地被发掘的遗体在反抗伊斯兰教徒的斗争勃发之时,骑着一匹白马冲锋在前,挥舞着利剑,杀向敌阵,于是很自然地被视为自天而降的圣徒。特别是公元844年在洛格罗尼奥南边的克拉维霍镇发生的那场激战中,据说他一人斩杀了六万名敌人,许多基督教将士目睹了这名白马战士的雄姿。于是乎,圣地亚哥(圣雅各伯)有了一个诨名——摩尔人杀手(Santiago Matamoros)。作为圣徒,这样一个诨名自然令人有些哭笑不得。Matamoros 有"击杀摩尔人"的意思，而据辞书上解释，它还是无赖、恶棍的另一种隐曲的说法。

而"圣地亚哥！圣地亚哥！"的啸叫声，也成为西班牙人投身收复失地运动的号令和战士之间互相激励的呐喊，不少朝圣者听到呐喊也拿起武器加入战斗。不仅如此，在后来西班牙对中南美洲的征服过程中，它还是对印第安人进行残忍屠戮的开杀令。

在被征服者看来，圣地亚哥完全是不共戴天的"圣徒"，但战争就是如此，决不会设身处地站到敌方立场上去考虑的。也就是从那个时候起，这种圣徒崇拜行为的性质开始掺杂军事色彩，圣地亚哥也终于成了西班牙的守护圣人。

每当我恍若听到"圣地亚哥！"这种充满野蛮的啸叫——当然我从未亲耳听到过，就会涌起一种深深的悲哀。当天草四郎①及其率领的最后一群基督教徒被围困在岛原半岛的原城，与幕府方面的围军展开殊死格斗之际，他们用来激励同伴

---

① 天草四郎（1621—1638）：日本"天草之乱"的首领，本名益田时贞。为反抗幕府的禁教政策及地方领主的苛捐杂税，时年16岁的益田被拥立为首领，率领农民暴动，在岛原半岛的原城与幕府军队对峙九十日，后城破战死。自此，幕府的禁教政策愈发严酷。

和自己的呐喊声同样也是"圣地亚哥!"而对于这呐喊的由来,估计他们根本就不知道。圣地亚哥是绝不会骑着白马,挥舞利剑,不远万里来到岛原这伙基督教徒身边的。

就这样,圣地亚哥逐渐成为西班牙的天主教徒们在军事以及国家宗教方面不可替代的一种精神存在。然而事实上,圣地亚哥的遗骸历史上曾经数次下落不明。伊斯兰教统治时期和十六世纪下半叶信奉新教的英吉利海盗闯入这一带、在沿海地区大肆劫掠的时候,都曾经发生过这样的事情。而在法国的图卢兹,也曾经出现过另一具宣称是这位圣徒的遗骸。1879 年,为了搜寻遗骸的下落,西班牙还曾进行过一次挖掘。总之,始终令人疑窦丛生。不过,所谓传说,就是永远伴随着疑云,永远也没有办法彻底祛疑,这才叫传说。

关于这个葬着圣徒遗骸的地方后来是怎么成为圣地亚哥-德孔波斯特拉(Santiago de Compostela)的,有两种说法:一说源于前述的传说,即天空闪烁着明亮的星星,告知天下圣人的遗骸在此。基于此,便有了 Compostela 这个地名,相当于西班牙语 Compo de la estrella,意为"星耀之地";一说则来自拉丁语 Compost Terra,即埋葬地、墓地的意思。想来后者,也即这里原为罗马人的墓地所在地这个说法更加得其要领吧。十九世纪那次挖掘的结果表明,那里曾经是罗马人和基督教徒的混合墓地。

也许我对传说过于关注了。但是,作为一个集团的人们,直到二十世纪的今天,似乎仍执拗地将那些充满疑点的东西当作了身份的象征。

不仅是西班牙的天主教,他处的天主教也同伊斯兰教有着极深的关联,这种关联远超人们的想象,即使是圣人崇拜,其根源也是在与伊斯兰教徒的激战和交流中渐渐形成的。有一种说法:在科尔多瓦的大清真寺珍藏着先知的手臂,它已经成为伊斯兰教徒无敌力量的象征。为了与此相抗,基督教徒们也创造出了自己的圣人。这种说法似乎还是可信的。

于是,诞生了朝圣之旅——这种朝圣本身就让人联想起伊斯兰教徒的麦加朝觐。

与此同时,圣地亚哥已经不仅仅限于是讨伐异教徒的军事意义上的、国家统一的象征,他也是消除一切罪恶、不公正、不幸、贫穷等等现象的救世主。例如,某个年轻的朝圣者与栈房的女子发生婚外情,年轻人抛弃女子后上路朝圣,岂料女子故意将一只银器偷偷放进他的"头陀袋"中,使其被人误当作小偷,结果被绑在绞架上处死。先年轻人一步踏上朝圣之路的父亲,久久不见儿子追赶上来,心生疑虑,便返回村子,却看见儿子被悬在绞架上。但令人惊奇的是,儿子还活着,原来是圣地亚哥伸出手，从空中托举着他的身体……还有，一名来自意大利维罗纳的朝圣者，由于身无分文，找不到肯留他住宿的栈房，只得夜夜露宿野外。但是他的"头陀袋"里，却每天早晨会出现一个新鲜的面包……

举凡人类生活的方方面面，无所不包，无微不至，用一句俚俗的话来说，是麻姑搔痒，万事如愿。总之，人类为了让自己树立对于这种可能性的信心而构建了一个动人的叙事装置，这是个极为明显的过程。换言之，在这个过程中逐渐生发出了某种普遍性。

基督教的三大圣地，首屈一指的无须赘言，自然是耶稣基督被钉上十字架的升天之所耶路撒冷，其次是使徒伯多禄奠立了教会的基础并以身殉教的地方罗马，第三个便是圣地亚哥-德孔波斯特拉，基督的另一位使徒雅各伯就是从这里——大地之极——将福音传至欧洲的。伯多禄与雅各伯二人同基督关系相当亲密，他们同基督对话、听从基督的吩咐，目睹了种种神迹奇事，基督抚摩他们的手，并且一同享用最后的晚餐。没有像十字军那样的武装组织保护前往以色列布教是十分危险的，几乎是件可望而不可即的事情，而去罗马则是另一番景象，因为其时那里已经成为一个十分世俗的都市，所以说教皇厅几如酒池肉林也就不足为奇了。

于是,便轮到德孔波斯特拉登场了,说到一路的艰辛,德孔波斯特拉绝对不会逊于以色列。

我在此处提到伯多禄和雅各伯同基督对话、听从他的吩咐、目睹奇迹、基督抚摩其手等等,阅读各种各样的文献后我发现,中世纪人们似乎非常热衷于抚摩,他们热衷于用自己的手去触摸各种各样的东西,这令我惊讶不已。或许他们认为,通过手的触摸就可以让自己得到某种救赎。中世纪堪称是抚摩盛行的时代,这么说也没有什么不对吧。

基督教的遗骸崇拜、遗物崇拜,实在难以让人苟同。这是磔刑流血的宗教,是以拷问、杀害为主角的宗教,被绑在十字架上,手脚被钉子钉穿,再用长枪从下往上挑刺侧腹,基督教本是肉体受难教。

我在欧洲时曾经多次被朋友邀至家里做客,假如对方是笃信宗教的人士,那个时候每每让我感到极其不自然的,是对方夫妇的寝室大抵都会在宽大的眠床上方挂有基督被钉在十字架上的画像,换句话说,血滴淋漓的基督俯视着夫妇二人的性交场面……

随着遗骸崇拜、遗物崇拜越来越普及化,令人不得不为之惊讶的就是被奉为圣人、圣者、圣女的人的数量之多。从日历上看,几乎一年从头到尾都是纪念圣者的瞻礼日,甚至还有所有圣者的纪念日——万圣节(Día de Todos Los Santos)。

假如有人到法国旅行,圣者几乎可以用"无处不在"这个词来形容。你一定会遇见名为圣马丁的教堂,当然无须赘言,还有多达数百的圣人、圣女被冠作教堂名字,其中被视为档次较高的教堂里,还一定会珍藏有某种圣遗物。

这种做法大约是从四五世纪前后开始盛行起来的。在朝圣者们必经的朝圣之路途中的西班牙北部大城市奥维耶多,就珍藏有如下的圣人遗物,或者说据称是圣人遗物的东西:

裹过耶稣基督尸骸的裹尸布(圣骸布)、荆冠的一部分、最后的晚餐时取食的面包切片、圣女的乳汁、毛发、犹大出卖耶稣基督得到的三十枚狄纳里①中的若干枚、抹大拉的玛利亚用来拭干基督足底的头发、摩西分开红海时使用的木杖、圣伯多禄穿过的一只草鞋……

收藏品堪称蔚为大观。

作为一个异教徒,当我看到宝物室内堆放的这些坛坛罐罐的破旧宝贝,不禁脑子里一片迷惘。我只能由衷地感佩于

① 古罗马时期流通的一种小额银币。

人类的这种行为，或者说这种行为的登峰造极，以及工艺技术的工巧精妙。想象着其中蕴含的真诚执念，谁也无法对此一笑了之。

圣母的乳汁……这种极富情色意味的圣物，究竟是什么人想到的？又或者是谁凭空臆造出来的？

类似的圣物被臆造出来，并且售卖，甚至还引发信徒互相争抢而致人死亡，这本身就可以看作是一种努力，是为了竭力证明耶稣基督等初创者乃真实存在的人、具有常人一样的肉身，正因为如此，其肉体被施以凌践、拷问乃至血流不止，经过这样的考验才得到救赎，可见中世纪时的基督教实际上是属于肉体的，即世俗的宗教。

在教堂的地下另外还建有一座小型圣堂的，大多是为了保护这些圣骸、圣遗物，以免受盗贼或战乱的破坏。

每当新发现一具圣骸或一件圣遗物，就会新建一座教堂，这是极为普通的事情。但不光是朝圣者，普通民众也会蜂拥至新教堂，以逞一睹圣物之快，假如可能的话，还想伸手触摸一下盛有圣物的纳宝盒。人们亢奋异常，摩肩接踵地争相挤上前，难免有体弱者或不幸者被拥挤的人群推倒并踩踏而死。在这些亢奋、狂热的人群中，还夹杂着不少身患疾病和肢体残缺的人，有人因不适而呕吐或腹泻，则会被认为是病症得到了治愈,若有瘫子猛然挺起了身子,更是被当作奇迹的发生。

　　总之,事情关乎信徒的信心。日常同救世主关系较亲密的使徒们的遗骸——即使尸首分离、东一堆西一坨的——也丝毫不漏地先后被发现,然后经罗马方面权威认定,确证无疑。类似的消息曾经一次又一次地震动了整个基督教世界,这里的确不能排除若干宗教政治家的人为因素,这是事实,但更主要的还是对于宗教的信仰这种更加强烈的因素在起作用,正是这种信仰将历史事实与传说融合在了一起,这也是不可否认的。

　　朝圣之路上珍藏着这类圣物的教堂和修道院比比皆是,可以说就是为朝圣者们而准备的,而在他们行程的终点,圣徒雅各伯正在迎候着他们。

　　我自然不算是朝圣者,但我却是泰伦提乌斯①那句名言的信奉者:

---

① 普布利乌斯·泰伦提乌斯·阿非尔(Publius Terentius Afer,约公元前190—前159):古罗马著名喜剧作家。出生于迦太基,幼年时便来到罗马沦为奴隶,后主人欣赏其才智,让他接受良好教育并解除了他的奴籍。他一生写有六部剧本,在思想倾向和艺术风格方面继承了古希腊新喜剧的传统。

我是人，所以做事不要受到任何人的束缚。

原本我想至少看一眼与圣地亚哥-德孔波斯特拉大教堂近在咫尺、朝圣之路上最后也是最险的一处难关——塞夫雷罗山隘口（海拔 1109 米），但由于道路翠雾迷蒙，十分危险，没能上去。这个隘口，就是 1809 年 1 月，被拿破仑的军队一路追击的摩尔将军麾下英军因军纪涣散，狼狈败逃，不得不将价值 125000 英镑的军需辎重等，连同驮运的马匹和骆驼统统丢弃、推下谷底的地方。

7 月 24 日夜晚，大教堂前断断续续地飘着雾雨，数以万计的人们拥至教堂前的广场，观看例行的烟花盛会。我就站在位于教堂左边的豪华国立大酒店的阳台上观看着这个场面，酒店是由昔日伊莎贝拉女王和费尔南多国王下令建造、以供朝圣者使用的医院改建而成的。这座酒店在全欧洲都算得上数一数二，而与眼前这些被视为西班牙王国，甚至整个基督教世界的特权阶级人士为伍，观看这样的盛事，让我有种很不合时宜的感觉。这场烟花盛会无疑便是被称作"星光之路"的象征。

第二天是大祭日。7 月 25 日也是西班牙的法定节假日。广场上的人群被要求离开，陆军、海军、宪兵在广场上举行了一个小型的列队检阅式，海军大将某某氏作为参礼者代表，参加了在大教堂举行的弥撒。我深知这种信仰早已打上了历史以及军事的烙印，因而对此没有半点惊讶，至于那些单纯为了追寻基督教精神而来的人们，看到身着华美，也可以说十分可笑的大礼服，胸前缀满勋章，斜挂着绶带的将军们带领一众兵士占据了广场中央，想必震惊至极吧。话虽如此，罗马天主教的神父们同样身着华美的祭服，头戴冠冕，和这些将军们的美服倒是非常般配。

关于这座大教堂的规模及其建筑样式，我只想说，它堪称全欧洲所有教会建筑的集大成者。教堂正面的拱形开洞装饰的《启示录》中二十四位长老的雕像、两侧守护着教堂入口的使徒雕像，还有那些被认为是以加利西亚普通百姓为原型的雕塑群像，出神入化地展现了灵魂的质朴和纯洁，与兰斯大教堂①的《微笑的天使》等相比也毫不逊色。对于身心疲惫的朝圣者们而言，这足以拯救他们的身心。

夜晚，暗漆漆的广场上传来大学生演奏的民谣，这也是继

---

① 又称兰斯圣母大教堂、兰斯圣母院。位于法国东北部城市兰斯，是著名的世界文化遗产、哥特式建筑的代表作之一。其前身是建于公元四世纪的圣尼凯斯教堂，后失火被毁，于 1275 年完成重建。教堂外部和内部的《微笑的天使》等一系列雕像重叠繁华、精美无比，堪称艺术极品。

承了中世纪吟游书生的传统。这天晚上在广场上,我遇到了两名真的沿着朝圣古道从巴黎一路来到这里的法国学生,听他们说,路上的道路要么没入森林,要么被私人农场的栅栏阻挡住,要么被高速公路切断,加上他们不是驾驶汽车,而是徒步进入村子里寻找住宿地,结果不止一次被当成流浪者,遭到警察的逮捕。

第二章　不忍触及的历史——写给安冈章太郎

大约三年前,我居住在安达卢西亚自治区某座城市的时候,结识了一位跛脚老妇人,老妇人大概有七十五六岁到八十岁的年纪。说是结识,却并没有熟络到山南海北无所不谈的程度,所以准确地讲,应该算是认识吧。

这位老妇人的发色非常奇妙:大部分呈赤褐色,但是赤褐色中间夹杂着几许和她的年龄相适的白发,而耳朵上方的两鬓竟是令人惊奇的两抹黑发,以至我有时候私下里偷偷把她称作"花猫老太太"。

由于地理区位的关系,我很自然地试着从生物学(?)①角度想象这位老妇人可能会是什么样的血统、有什么样的祖先。我曾经小心翼翼地同另一位西班牙朋友聊起来,不承想对方

① 此处"?"为作者标注。

毫不客气地对我说道,老妇人年轻时是一头金发,后来随着年纪增长头发变成了赤褐色,黑发则是最近几年才冒出来的。金发说明她的祖先应该是凯尔特人,至于黑发则可能是中间融入了阿拉伯人的血统吧。听他这么解释,我当时吃了一惊,于是就此打住没有再继续往下说。

我和老妇人每个星期天的上午必定会在教堂前的广场打照面儿。想想也理所当然。然而,却并非如一般人所想象——她不参加礼拜,进入教堂不一会儿便走了出来,任颜色异样的头发被风吹得凌乱,只是冲着从她面前走过的男男女女嚷道:"¡Dinero!①"

她的语气虽不至于说是怒吼,但似乎还是有些不痛快的感觉。Dinero在西班牙语中是金钱的意思。

我不是基督徒,所以星期天我没有走进教堂,结果也被她嚷了一句。我不太了解这个国家的民俗风情,看见她这样神气十足地朝我吆五喝六,实在摸不着原委,于是我反问了她一句。

老妇人一只手拄着拐杖,挺着胸膛,下巴向前撅起,用先前同样的语气又嚷了一遍:

---

① 在西班牙语中,"¡"和"¿"会分别出现在感叹句和疑问句的句首,让读者能够事先知道整句话所要表达的语气。

"¡Dinero！"

我还是不明白，于是再反问。

"¡Dinero flotante！"她嚷道。

这句的意思和"多余的钱"差不多。

这下我突然明白了。就是说，她在威胁我：把钱拿出来！

这可以称之为堂而皇之的乞讨吧，可是从她身上却丝毫看不到一般乞讨者令人怜悯的样子，也不像吉卜赛人那样缠磨人。我抵不住她的气势，于是拿出两枚 5 比塞塔①（1 比塞塔大约相当于 15 日元）的硬币，恭恭敬敬地向她呈上。真的就是一种呈上的感觉。

进出教堂的男男女女，也大都掏出 5 比塞塔或 25 比塞塔的硬币，递到这位身材矮小但是腰板挺直的老妇人手上，和我一样，他们也是一副呈上的感觉。收下钱，她既不说声谢谢，连笑容也不露一个。

等到礼拜结束、所有人走出教堂，她才拄着拐杖"笃笃笃"地步入教堂。我坐在教堂边上低矮的石障上，始终注视着这一切。

这位老妇人的乞讨做派实在不一般，并且不可思议，于是

---

① 西班牙在 2002 年欧元正式流通前使用的法定货币。

我不禁想,这个国家的人还真是不同寻常哪。

和她的第一次相遇是在深秋时节。自那以后,每个星期天我都会去广场观察老妇人的行为。毕竟,我也是个小说家嘛。

到冬季差不多快结束时,我和这位老妇人以及她身边的人慢慢熟悉起来。她对于我给她 10 比塞塔这件事从来不曾道谢过,但当她得知我是日本人之后,便用沙哑的声音,小声地、仿佛透露什么军事秘密似的,向我说起日俄战争和中日战争①,蓝色的眼睛里还似乎闪露出一丝同情,或者说类似欣喜的神色。

在欧洲,德国的乞丐用唱歌获取别人善意的捐助,法国的乞丐用哭泣来博取施与,而西班牙的乞丐,则似乎还可以采用叱喝的方式。鉴于此文不是专门讨论乞丐的,故对此我就不细叙了,不过西班牙的乞丐和这个国家修道院的历史一样古老、悠久、富有传统。二十世纪中叶以降,西班牙的乞丐多是内战的牺牲者,他们为共和国战斗而负伤致残,最后沦为乞丐,当然,现在这样的人已经近乎绝迹了。

① 即抗日战争,又称日本侵华战争。

我习惯坐在教堂附近的一家酒吧里阅读报纸或杂志。在这里我听说，之所以每个星期天礼拜结束后老妇人都会进到教堂里面去，是因为她有教堂"功德箱"的钥匙，这令我非常惊讶。这座教堂，在这个城市里也算是第二或第三的规模了……

这究竟是怎么回事？

兴趣这东西很有意思，人一旦对某件事情产生了兴趣，就会有各种各样围绕它的信息自动找上你，使你对其的认识越来越丰满。于是我知道了：老妇人在这个多山岩的小城，属于一个十多人的贵族家庭中的一员，少女时代因美貌而远近皆知。她曾经的家和她现在住的面包铺那栋三层楼房子在同一个地方。那栋房子虽说有三层，但因为倚着陡峭的山岩依势而建，所以每层都各有门，独立进出。面包铺上面的二楼是烘烤面包的炉窑，而她就住在三楼、炉窑的上方，冬天倒是暖和得很，可炎热的夏天不知道她是怎么捱过的……

这间面包铺也很有特色，直到今天仍旧只烧橄榄树枝来烘烤面包，拒绝使用电和煤气，它也因此而收获了不少人气，我就曾几次上他家买过面包。

接着，又听到关于老妇人的各种小道消息。

她家以前有所大宅邸，倚岩而建，屋子一层层一直往上叠加，差不多有十层……她父母死得早，后来她结了婚，但丈夫大概是受不了她的贵族做派，丢下她跑到墨西哥去了……那个时候，她家的领地已经全部转让给了别人，她又什么活都不肯做，渐渐家里佣人的工资都付不起了，于是将家里装潢精美的房屋出租换钱……她有过十匹马和三辆马车，她每天都要骑马或乘坐马车出门散步……

一天，租住在她家最底层的人家不慎起火，因为运水不便来不及灭火，竟眼睁睁看着近十层楼的家被火烧得一干二净。

说不清楚这十数年间她究竟是怎样过的，因一场大火而失去家的她，除了一个贵族称号其他一无所有。我曾听说有些老年贵族，对于银行和保险公司不信任，房屋也不情愿出租而是直接出售，大片的土地也一样。这位老妇人就是如此，她信不过银行，将现金全都藏在金属管子里，而那些管子是她睡觉的床的架子……结果被人当成盗窃犯，那些宝石及现金被怀疑都是偷来的。

如今，她被面包铺夫妇二人收留，她的屋子里没有卫生间……她睡的地方就在烘烤面包的炉窑上面……她怎么过日子的？

这至多就是一个老年贵族的没落故事，在西班牙没有什么可稀奇的。我认识好几个一贫如洗的贵族，小心翼翼地守着一幅戈雅或里韦拉①等人所绘的先祖画像,过着清苦的日子。

不过我想说的是,那场大火是发生在 1936 年的春天。而那座教堂,则是她的家族举行丧葬等仪式的"檀那寺"②。假使她家是教堂最大的"檀主",则她手里有"功德箱"的钥匙好像也说得通。

有一次,我同前面提到过的那位说话毫不客气,或者换一种说法叫直言不讳的西班牙朋友聊天,话题是关于这个国家的诗人,因此,话题很自然就转到了加西亚·洛尔迦③身上,转到究竟是什么人枪杀了他,等等。

突然,他瞪大了眼睛,出乎意料地说道:

"你知道的那个老太婆,她告密了十五个人,害得那十五个人全都被枪杀了!"

---

① 荷西·德·里韦拉(José de Ribera, 1591—1652):西班牙画家,长期定居意大利那不勒斯,曾服务于那不勒斯的王宫。其作品受到拉斐尔、米开朗基罗和提香等人的影响,擅画人物肖像等。

② 佛教中的檀那寺也称菩提寺、香华院,即代皈依佛教的家庭举行丧葬仪式等法事的固定寺院。

③ 费德里科·加西亚·洛尔迦(Federico García Lorca, 1898—1936):西班牙诗人、剧作家。出生在格拉纳达省一个富裕农民的家庭,青年时代开始写诗,代表作有《吉卜赛谣曲》《血色婚礼》等。西班牙内战爆发后,他积极参加反法西斯主义运动,于 1936 年被佛朗哥派势力枪杀。

即使这样,他并没有说诗人加西亚·洛尔迦是死于"那个老太婆"的告密。

加西亚·洛尔迦是这个小城一户富农的子弟,他的侄女如今仍住在那个老家。

交谈多了我才知道,我这位朋友其实出生于巴塞罗那,在他年幼时,年轻的父母在阿拉贡前线战死,他被姐姐姐夫带到英国,在伦敦长大,他拥有英国和西班牙双重国籍。因此我和他交谈时,碰到有些复杂的词卡住,就会换成英语继续交谈,这对于我倒是非常便利。他还曾经一度是我的房东,我在郊外租的房子里,墙上挂着一对年轻夫妇的照片,租住的房子挂着陌生夫妇的照片总有点怪怪的,于是我将照片从墙上取下,交给他带了回去。

后来知道,照片上的年轻夫妇,正是他战死的父母。

他的家和老妇人住的地方很近,不到 300 米。

1977 年 6 月 15 日,佛朗哥①死后关乎西班牙民主改革的首次总选举的时候,老妇人占据了投票所门外的位置,她挥舞

---

① 弗朗西斯科·佛朗哥(Francisco Franco, 1892—1975):西班牙军事将领、政治家。1936 年参与反共和政府的武装叛乱,挑起西班牙内战。1939 年取得内战胜利后正式就任国家元首,开始实行专制统治。1975 年佛朗哥逝世后,胡安·卡洛斯一世登上王位,实行民主改革,结束了佛朗哥长达三十多年的独裁统治。

着拐杖朝人们高声喝叫着：

"¡Vote a la derecha!"（投右翼的票！）

然而，她支持的佛朗哥派长枪党一个人都没有当选。

我在这个小城只住了大约短短十个月。这期间，我从未试图从任何角度去打听这个国家曾经发生的那场内战，因为我清楚，这对他们来说，无疑是桩十分沉重的往事，尤其对于上了点年纪的人而言。身为一个外国人，我怎么可以像穿着沾满泥泞的鞋子闯入他人家里似的，去撕开他们心头的伤口呢。

但事实是，我始终无法忘却这件事情。对于我们这些——请恕我冒昧地使用复数来表述——在1937年时还是年方20来岁的年轻人来说，"人民阵线""共和国派"等词汇，就如同当时因"九一八"事变而使得战争扩大为中日全面战争的那个黑暗时期一样，它带给人们的是一种绝望的情绪。1936年7月，为了对抗纳粹法西斯主办的柏林奥林匹克运动会，在巴塞罗那举办了一场"人民奥林匹克运动会"，当时的报纸刊出了一条短小的报道。这条报道至今仍烙在我脑海中的某个角落，时时灼痛着我，这便是一种证明。1936年7月，正值佛朗哥与共和国政府决裂、率摩洛哥①兵发动叛乱的前夜,用一个我不太喜欢的词来形容,那时的西班牙就好像欧洲的一盏"希望之灯"。

有过那样的年轻时代的人,不知不觉会发现,有些东西你不去探求它,它也会自己来到你身边,似乎有些不可思议。我觉得,这也可以算是一种省悟吧。

同一栋出租公寓里,住着一对年轻的西服裁缝师夫妇。在西洋说西服裁缝师,听上去好像有点古怪,但如果我说和服裁缝师岂不是更加古怪,所以我还是称呼他西服裁缝师。

裁缝师在大马路稍稍往里拐进来一点的巷子有间店铺,每天从公寓往返店铺。我内人比我跟他更加稔悉,她也是他的客户,尽管内人对西班牙语一窍不通,但并没有妨碍她成为他的客户。

裁缝师有一次带着内人订做的未完成品来家里给她试穿时对我说:"有样东西想给您看,我一会儿再上来好吗?"我当然高兴地答应了。待他再次"扑通扑通"迈着重重的脚步走上

———————

① 即西属摩洛哥,西班牙位于北非的领地。根据 1912 年签署的《费兹条约》,摩洛哥的大部分领土变为法国的被保护国(法属摩洛哥),而西班牙也得到了摩洛哥南部和北部地区保护者的地位。

楼梯,拿出来的是一枚已经褪了色的粉红色传单。

　　这是一张令我极为震惊的传单。上面印着的西班牙原文我没有抄下来,这里只能将记忆里尚存的内容记录在此:

　　马德里将成为法西斯的坟墓!

　　不要让他们通过!(¡No Pasarán!)

　　每户人家都是一座堡垒,街道就是战壕,我们要像彼得格勒的战士们那样奋战到底。11 月 7 日的曼萨莱斯河畔,必将和涅瓦河畔一起,洒满胜利的荣光。

　　夫人们!明天,为你们的丈夫准备的盒饭,不要送到工厂,送到战壕去!

　　没有政府的马德里万岁!

　　(¡VIVA MADRID SIN GOBIERNO!)

　　被仔细抚平整的传单上,跳动着大大小小的字母,仿佛再现了内战时期共和派的昂扬斗志。

　　我当即问他,为什么会有这传单?这是内战哪个时期的?

　　对此裁缝师的回答却是:

　　"我什么也不知道。这是在最近去世的祖母的珠宝盒子里发现的。"

我试着向他解释："不要让他们通过!"是共产主义者的口号,由有着"热情之花"外号的多洛雷斯·伊巴露丽①女士最先喊出,进而被人们熟知;彼得格勒就是现在的列宁格勒;11 月 7 日是俄国爆发革命的日子。很显然,这枚传单应该是共产主义分子散发的,不过最后一句"没有政府的马德里万岁!"又是指什么呢?也可能是无政府主义分子散发的……

我起劲地解释着,可年轻的裁缝师只会一脸茫然地说:

"我不知道,好像您对我们的内战比我们自己了解得还多。"

"你祖母有没有跟你讲起过内战时期马德里的情形?"

"没有,从来没有,我们兄弟有时候问她她也不告诉我们,好像她和我们的父母亲也没有提起过。"

这样子是什么也问不到的。但是,我的脑海中开始模模糊糊地浮现出一位老妇人的肖像画,她将这枚皱巴巴的传单小心地抚平,珍藏在珠宝盒最底层,就这样悄然度过了战后四

----

① 伊西多拉·多洛雷斯·伊巴露丽·戈麦斯(Isidora Dolores Ibárruri Gómez, 1895—1989):西班牙著名的共产主义革命家。早年参与创建西班牙共产党,内战时期参与领导反法西斯斗争。共和国被颠覆后她流亡国外,后当选西班牙共产党总书记。于 1977 年返回西班牙,1989 年病逝于马德里。

十年。与此同时，眼前这个还不到 30 岁的茫然的年轻生意人，有着这样一位祖母，却对四十年前的那场战争以及战争给双方带来的痛苦记忆几乎一无所知。

过后，这位年轻人大概对此事产生了兴趣，大约一个月后，他神情严肃地再次来到我家。

"先于我祖母死去的祖父，当时其实是国民军（佛朗哥派）的一名军官。"

这段奇异的邂逅之后，我又补了一下功课，知道了那张传单最后写的"没有政府的马德里万岁！"指的是那年（1937 年）的 11 月，共和国政府突破包围，临时迁至巴伦西亚这一事件。后来还知道了，裁缝师的祖母四十年来一直锁在珠宝盒的最下面的那张传单，是由苏联的飞机空投到马德里市的。

这之后，我没有主动向他问起过这件事情。祖父是佛朗哥派的军官，祖母则将共产党的传单一直珍藏在珠宝盒里，他们的孩子，也就是年轻的西服裁缝师的父母会是什么样的人？他父母和祖父母之间的关系又如何？这些，我一概都没有打听。

这个茫然不晓的年轻人此后看上去似乎总是一副愁眉苦脸的样子。当然，这也可能是我的心理作用吧。

差不多二十年前,1962年的秋天,我第一次踏上西班牙的土地,是和武田泰淳君一起去的。当天,两个人同住马德里酒店的一间客房,度过在西班牙的第一个夜晚。深夜,泰淳君的呼噜实在太具震撼力了,于是我放弃了睡觉,来到楼下的酒吧准备再喝一杯,不料酒吧打烊,两名泥工正在粉刷墙壁,我便踱出了酒店。

从外面返回酒店时,只见两名泥工正在歇息,啜饮着自己带来的廉价的白兰地,看见我便热心地邀我一同喝两口。

那时候我的西班牙语刚学了一点,糟糕得一塌糊涂——即使现在也不敢说自己的西班牙语已经说得很顺溜——但那个糟糕劲却令对方觉得很好玩,于是一边喝酒一边跟我聊了不少。

我指着他们粉刷的墙壁开玩笑道:

"你是委拉斯开兹①,你是戈雅!"

这时候两个泥工中的一人突然指着身旁的人,一本正经地说道:

---

① 迭戈·罗德里格斯·德席尔瓦-委拉斯开兹(Diego Rodríguez de Silva y Velázquez, 1599—1660):文艺复兴后期西班牙的宫廷首席画家、皇宫艺术总监,对印象派产生过很大影响,代表作有《宫娥》《教皇英诺森十世》《镜前的维纳斯》等。

"这家伙是共产分子,你看他肩膀上还有伤呢。"

另一个被指的人则回敬道:

"这家伙是个无政府主义者。"

两人的对话令我大吃一惊。那个被指为共产分子的泥工解开衬衣纽扣,给我看了肩膀上那条长长的伤痕。

这究竟意味着什么?我不知道。这就是我同现代西班牙的第一次晤面。根据两人的年龄判断,他们在西班牙内战时顶多也就十六七岁吧。

和两名泥工邂逅的若干年后,我前往某公寓拜访一位退休的老教授,他是国际上的戈雅研究权威之一。杂谈之间,老教授说起 1927 年夏天他曾经去过横滨,我则告诉他战时我在上海待过一段时间。于是老教授兴奋地说,那一年(1927 年)4 月前后,他父亲正好也在上海,同时期在上海的还有安德烈·马尔罗①。他父亲当时的身份是位建筑师,与共产国际也有联系。老教授的一番话,又令我吃了一惊。

---

① 乔治·安德烈·马尔罗(Georges André Malraux, 1901—1976):法国作家、社会活动家。曾任世界反法西斯委员会主席、法国新闻部部长、文化部部长。他在 1933 年发表的小说《人的境遇》以中国为舞台描写了国共两党的殊死斗争,荣获龚古尔文学奖。

1927 年 4 月,正是蒋介石在上海发动反共政变的时候。

于我而言,尽管是在深夜,但在素不相识的外国人面前很随意地说对方是共产分子或无政府主义者的两名泥工,还有父亲是共产国际人士的大学教授,在佛朗哥政府的独裁统治下是怎样生存的,这些都是难以理解的。20 世纪 60 年代以后,政府对共产主义的镇压一定程度上稍有缓和是事实,但对于难以理解的事情姑置勿问,不去钻牛角尖,这是我的行事原则,时间自然会对其做出解释的。我信任历史。

那天在教授家享用的晚餐非常令人愉快,大家谈兴大发。包括教授夫人和另一名女性以及我在内,共六个人围桌而坐。说不清从哪儿开的头,话题转到了内战时期的种种情形,这就是这种“杂谈会”的常态。下面的话,是除我以外五个人当中谁说的已经搞不清了,这也是这种时候的常态(会话中英语、西班牙语、法语掺杂在一起,一片混乱)。

“……我当时是马德里大学的学生,在司令部当联络员。父亲随共和政府一同转移到了巴伦西亚,但是我拒绝转移,因为我觉得,假如放弃马德里,市民是不会答应的。我带着司令部的命令一上街,就看到男人女人还有儿童,都走上了街头在做着什么,有的在堆沙袋,有的搬来桌子、床或椅子设置路障……这是政府在的时候看不到的景象。我是乘电车往前线去的,乘务员说的那句'Al frente, cinco céntimos'(到前线一律五分)我还记得特别清楚。当时敌人已经逼近郊外,所有人都在喊'¡Moros en la de Garabitas!'(摩尔人在加拉维塔斯山斜对面!)'摩尔人'这个词给西班牙人造成了多么深痛的创伤,您(堀田先生)是无法理解的。佛朗哥竟然从摩洛哥率领摩尔人部队来和西班牙人作战!先生(老教授)是知道的,我讨厌戈雅的《1808年5月2日的起义》那幅画,拿破仑在1808年率领埃及骑兵队入侵西班牙时,马德里的市民勇敢地站出来反抗。这幅画当然是不错,可是上面那些摩尔人士兵的表情,简直叫人做噩梦⋯⋯路上碰到从前线轮换下来的民兵,那些妇女冲着我喊:胆小鬼!把枪给我们,我们要拿它去战斗!我简直被她们骂得狗血喷头。到了前线战壕,正巧全国劳工联合会(CNT)①的部队和普通市民组成的民兵换防,CNT的部队武器精良,而民兵们——我去的那里是理发师工会,有的人身上还穿着白大褂就赶到前线来了——手上没有一件像样的武器,有的人竟然扛着枪身足有两米多长的十九世纪末的老爷枪。按照规定,换防的时候要将武器交给后面接替的部队,但

---

① Confederación Nacional del Trabajo(简称CNT)一般译为西班牙全国劳工联合会或西班牙全国劳工联盟,是西班牙工人运动组织之一,在西班牙工人运动史上具有极其重要的地位,无政府主义色彩较浓。

CNT 那帮家伙拒绝交出他们的武器,于是我以司令部的名义要求他们必须交出武器,一开始他们还抗拒,后来总算服从命令交出了武器。通过和各部队的联络,我发现前线各部队之间几乎没有横向联系,还有给前线的丈夫送饭的妻子们,简直就像来郊游的一样。司令部里虽然有几个职业军人,但是前线的人不情愿接受他们的直接指挥,他们老是说汽车司机嘀嘀咕咕在抱怨,希望给他们配一辆卡车,后来我也明白怎么回事了,因为汽车司机们承担着装甲车部队的职责……"

"……我那时是美术学校的学生。我穿上父亲打猎时穿的夹克、套上长筒靴子就离开了家。出门时,母亲吻了我一下,什么也没有说。那天下着雨,要是在平时,她一定会担心我感冒,啰里啰唆地又是要我加件外套,又是叮嘱我带好伞什么的,可是那天她一句也没有说。我接到的命令是去炮兵中队补填缺员。中队的指挥员是一位数学教授。因为是由市民组成的民兵部队,所以人员形形色色,装束也五花八门,有头戴礼帽系着领带的绅士,也有酒吧的调酒师,还有市政厅的清洁工;武器也杂七杂八的,弹药跟这件武器相配了,跟那件武器却又不配。炮兵队的旁边,是国际纵队的法国部队——来自巴黎的共产国际支队,我看见他们真的是流下了热泪。他们军纪严整,淋着雨却丝毫不乱,我开始相信,全世界这么多的人带着武器前来支援我们,马德里一定能坚持住的。共和国方面也出现不少违反纪律、为了泄私愤而无谓地处刑和枪杀的现象,而这些人的到来真是太好了⋯⋯"

"⋯⋯我当时在国民军占领的乡下。那是个贫穷地方,几乎就在佛朗哥发动叛乱的同时,原先那些号召农民起来反抗和创办合作社的人,不是被杀就是逃到别处去了,剩下的都是大字不识几个的季节短工,还有本地一些稍许有点土地的自耕农以及他们的佃户。那儿原本属于梅迪纳塞利公爵①家的领地⋯⋯对这些百姓来说,在神职人员的祝福之下被编入佛朗哥的国民军,简直就像是'去天国'一样,首先不用干什么苦活就可以填饱肚子了,再有,可以扛着武器进入他们以前见都没有见识过的大都市马德里了!反正留在村子里的话,一年当中有一半时间也找不到活干。至于为什么而战,就完全轮不到他们去关心了⋯⋯佛朗哥对这些农民部队也根本不指望,几条重要战线上都是由摩尔人部队和外国援军组成主力军进行作战⋯⋯"

"⋯⋯我家也是在乡下。每逢天主教的节日,那天的白天或者夜里,他们都要处死几个人。有天晚上,我正在一位侯爵

---

① 西班牙王国历史最悠久的公爵封号之一,该家族源于卡斯蒂利亚国王智者阿方索之子,1479 年起受封公爵之号。

家里,他的管家突然哭丧着跑进来说,侯爵的儿子同其他十六个少年一起,被双手缚住装上卡车带走了……侯爵立即跳上自家汽车追上那辆卡车,对守在少年们旁边的天主教神职人员说,'你明明知道他是无罪的,为什么还要把他带走?'希望对方把儿子放了。可是那个神职人员却说,指挥官命令我们明天天亮前必须交出十七具尸体,不然我们就要受到惩罚。于是当天夜里,侯爵不得不把一个漫无目的走在街头、谁也不认识的男子绑上,硬是将他丢上卡车……"

叙述仍在继续,让人听了瞪大眼睛的同时又不忍再听下去。

我以为,或许他们已经习惯了在一个外国人面前叙说各自的故事,但突然之间全桌人都陷入了沉默。

只要你生活在这个国家,四十年前的记忆对任何一个人而言都是无法忘却的,它会时不时地涌上心头,让你一次次地咀嚼回味。

沿着马德里普拉多美术馆旁边的坡道向上走,正面是一座十九世纪设的美术馆,毕加索的大作《格尔尼卡》如今就展示在这里。这里是普拉多美术馆的附属建筑,在美术馆左侧的斜对面还有一家博物馆,那是由军方管理的军事博物馆。

　　我在这附近居住时，曾走进博物馆参观过一次。馆前的空地上陈列着一二十尊各色各样的大炮，但没有一件称得上古旧，还有一群当兵的在门前转悠。我抱着进去看一眼的心态，购票入馆。我的初衷是，既然号称军事博物馆，起码能在这看到这个国家自中世纪以来的武器以及有关战争的历史记录和纪念物。我是十五世纪伊莎贝拉女王的崇拜者，所以很期盼能观赏到一些和她有关联的展品。

　　谁知进到里面一看，和我想的完全不一样。馆内的展品尽是二十世纪初以后的步枪、机炮、大炮、防毒面具、装甲车模型等等。换句话说，全部是和 1936 年至 1939 年那场内战相关的武器，还有对阵战场的模型，但却没有说明，包括双方部队番号或军旗一类的东西一概没有介绍，以至看不出对阵双方各据哪边，叫人完全摸不着头脑。墙上有若干照片或者说画像大小的白印迹，应该是没有被光线照晒到而留下的，想必这里以前挂着佛朗哥将军或其他人物的照片或肖像画，以及反映战争场面的照片或绘画，但现在已经被取下来了。

　　这令我有一种非常奇怪的感觉，陈列的展品没有任何说明——不是没有，而是被全部撤掉了。像这样仅有机枪、大炮等实物以及飞机的模型，展品仿佛赤身露体般（我就是这样感觉的）陈列着供人参观的博物馆，实在极为罕见。

墙上只看到一幅油画,撑满了整面墙,大致估计下足足有200号①大吧。这幅画同样没有任何说明,画面看上去似乎是共和派市民组成的民兵枪杀佛朗哥派的士兵,画的下方有一个大大的标题:《不应忘记,但饶恕他们吧!》

这应该是在佛朗哥死后,国民和解与民主化成为这个国家面临的首要课题,因而人们开始反省的结果吧。

有人认为,爆发了内战是不争的事实,所以没有必要故意将它模糊掉,让人云里雾里看不分明,相信随着政治局势的彻底明朗化,有朝一日它会恢复其本来面目的。但是在我到访的 1977 年 9 月,情形就是那样子。

在我徜徉在博物馆的这段时间里,走进这座宏大的博物馆的参观者,总共只有我一人。尽管陈设着战线、战场的模型,但是没有任何说明,让人分不清哪里是敌方哪里是己方,这就称不上战争。究竟为什么要这样做?

就因为它是一场内战、一场"市民的战争"?

三年后的 1980 年秋天,由政府文化部主办的《西班牙内

---

① 国际上通行用号数及厘米(或毫米)为单位来表示油画作品的大小尺寸,日本表示人物和海景类的 200 号尺寸分别为 2591 毫米×1939 毫米和 2591 毫米×1621 毫米。

战展》在这家军事博物馆所在的小山丘再往前一点的雷迪罗公园开幕。我从报纸上看到广告,用稍稍夸张些的话来形容,可谓重重地吐了一口气。

没错,此事与我无关,但是,又并非与我无关……

趁着去马德里办事的机会,我顺便前去参观了这场展览。虽说是平日,但还是有很多观众排着长队等候入场。称不上旷敞的展览会场四周用玻璃围了起来,姑且就称之为小水晶宫吧。会场内设置了迷宫般的参观路线,内战时期对阵双方散发张贴的招贴画、传单(其中有些绝对堪称招贴画美术中的不世之作,看到它们我就在想,这么出色的作品再不可能出现了)、罗伯特·卡帕①的摄影作品(其中有一幅是德国飞机空袭马德里时,一名市民边走路边抬头望着空中,同样堪称别指望还会有第二幅类似作品的杰作)、放大复印的双方报纸的报道剪贴,双方发行的硬币、纸币、邮票,还有一些武器等,密挤挤地被陈设在会场供人参观。除此以外,会场还有十几台索尼电视机滚动播映着当时的新闻报道和纪录影片,大概是通过录像带播放的,一台电视机正大音量播放着《国际歌》,而旁边

---

① 罗伯特·卡帕(Robert Capa, 1913—1954):二十世纪著名的战地摄影记者,曾先后到中国、北非、西班牙、意大利、诺曼底等战场进行摄影采访。1954 年 5 月,他在越南战场误入雷区被炸身亡。

的电视机中却在播放当年的意大利法西斯歌曲。在一段关于
国际纵队的纪录影片中，出现了安德烈·马尔罗，还有像是英
国诗人斯蒂芬·斯彭德又或是 W·H·奥登①模样的年轻人
和其他士官，背景则是美国支队林肯大队行进在卡斯蒂利亚
荒凉台地上的影像，同时能听到他们那曲调伤感的乡村风格
的军歌："有一条河谷叫哈拉马……"还有前去慰问这支美国
支队的男低音歌手保罗·罗伯逊的歌声……然而就在它旁
边，另一台电视机里播放的却是佛朗哥用谄媚的声音在发表
演说，以及墨索里尼在咆哮的镜头。这边共产党的"热情之
花"多洛雷斯·伊巴露丽女士用尖脆的声音铿锵有力地进行
动员。我正讶异间，那边曾经在塞维利亚大肆虐杀的凯波·
德·利亚诺司令却一副朦胧醉态地在号叫："只要一个（右翼
分子）被杀，一定杀十个人为他报仇！不要以为逃走或者藏匿
起来就没事，哪怕躺在坟墓里，也要把他挖出来，再杀死他
一次！"

---

① 　斯蒂芬·哈罗德·斯彭德（Stephen Harold Spender, 1909—1995）：英国诗
　　人、评论家，代表作有《废墟与憧憬》《神殿》等；威斯坦·休·奥登（Wystan
　　Hugh Auden, 1907—1973）：美籍英国诗人、评论家，代表作有《阿喀琉斯之
　　盾》《向克莱奥女神致敬》《无墙的城市》等。1937 年，奥登赴马德里支援西
　　班牙人民反法西斯斗争并发表长诗《西班牙》。他和斯蒂芬·斯彭德都是
　　当时具有马克思主义倾向的左翼诗人。

排着队等候入场参观的大部分是年轻人,有男有女,多数人还带着一个小本子在上面记或抄录着什么。我试着上前同他们攀谈。

我问一位年轻女性(我以为她是大学生,一问才知是位小学老师):

"你抄写的是什么?"

"报纸上的报道标题。"

"有什么感想?"

"让我最有感触的是,共和派与国民军两边的口号几乎完全一样,都标榜'祖国''自由''团结''友爱',除了国民军提到的'天主教'和'超越国家主义',看不出有什么不同啊,可为什么要互相仇恨、互相残杀呢?我实在不能理解……"

另一位同样 20 多岁的男性说:

"看了这些我就想到,现在政府里的那帮家伙和他们的父辈都是一样的德行,开着公家的车到处耀武扬威,什么东西!恨不得把他们都杀了……"

我见他极度激奋的样子,赶忙避开了他。

一位白发、面色红润、戴着镶银边眼镜的老者,身旁一位年轻女性搀扶着他,不知道是他的娇妻还是女儿。

"什么?'什么感想?'这些、就这些个东西让人会有什么感想？能有什么感想？！这些家伙到底做了什么？"

他夫人又或是女儿不让我再问下去："不好意思，他有高血压。"

还有一位身穿脏兮兮的旧衣服的男子，用一种像是做梦般的眼神仰头望着上方说道：

"《国际歌》真好听。《马赛曲》也好听……"

煞有介事地采访别人，我这还是第一回。

现在的西班牙形势依旧很艰难，失业者高达150万人，由于西欧经济不景气，外出谋生的人又都络绎不绝地返回西班牙，而即使在共和国最后的堡垒巴塞罗那①，仍能看到纳粹万字符"卐"的涂鸦。

胡安·卡洛斯国王②访问日本期间，日本的报纸刊登了这样一则趣事：国王夫妇参观御木本珍珠店时，国王指着一串价值数百万日元的珍珠项链，对索菲亚王后说道：

---

① 1939年1月，佛朗哥的军队攻占巴塞罗那，共和国政府逃亡，标志着佛朗哥的武装叛乱取得全面胜利。随后，佛朗哥军队进入马德里，正式推翻共和国政府，建立法西斯独裁统治。

② 此处指胡安·卡洛斯一世国王（Juan Carlos Ⅰ，1938—　）。1975年11月，他于佛朗哥死后登上王位，在位期间实行民主改革，彻底结束了独裁统治。2014年6月，胡安·卡洛斯一世签署法令宣告退位，由其子费利佩六世继任国王。

"这个只有有钱人才会买，它可不是打算卖给我们这样的顾客的。"

我把这则报载的趣事说给一位西班牙朋友听，他一下子发疯似的大笑起来，尴尬而勉强地笑了约有两分钟。

第三章　无政府主义的实践

我曾经有一次去科尔多瓦的一个小镇，快要进入镇子的时候，看见在军警署外的墙上刷着一行红色的大字：¡ANARQUÍA ES CONDICIÓN NATURAL DE HUMANINAD！我不禁倒吸了一口气，因为这句话的大意是：无政府状态是人性的天然状态。

这里的 Anarquía 也就是 Anarchy，这个词翻译起来比较麻烦，我个人觉得似乎译成"无权力状态"更加贴合其本来含义，不过还是依照惯例称之为"无政府状态"吧。

本应该是治安权力集中体现的军警署，在其眼皮子底下居然堂而皇之地刷着这样的标语，这大概是那些无政府主义者在七八十年代某次游行示威的时候留下的，但它给我的感觉却像是看到了某个意识形态的幽灵，尽管那个大时代或者说那段历史，从任何角度来讲都早已经逝去。

"还在主张这个呀？"

当时同行的一人冲着我说道，而我既无法产生同感，也无以反驳，一时无言应答。

无政府主义，或许可以断然地说，早已彻底成为过去式了。按照我的理解，当人类以巨大的热情执着而专注地思考一件事情，并且像对待催生出的火花来似的呵护着它一点点成长的时候，这件事物是不会轻易消亡的。然而，当我们说到无政府主义的时候，即使不能说它已经成为墓碑上的一个死语，但恐怕没有人会否认，与之相近的词汇都早已经站到它的反面去了。我记得从前有一次和萨特先生闲聊的时候，不知是什么触动了他，我好像听到他轻声咕哝了一句："我是个无政府主义者。"即便如此，但我想谁都会承认，这句话潜藏着这样一层含义，就是无政府主义是不可能实现的。

甚至可以说，这句话其实附随了这样一个意思，即无政府主义从它诞生开始，就注定是不可能实现的。曾经构想了一个人间天堂的耶稣基督或许可以算是最原初的无政府主义者，若沿着这条思路进一步扩展开去，则老子等人或许也可以算作这一类的思想家了，如此一来其界限就会变得模糊不清；何况无政府主义这个反命题，几乎是与近代国家同时应运而生的，这本身也预示了它的归宿。

再回到科尔多瓦。西班牙无政府主义不同于其他地区的无政府主义的一个显著特征便是，它从十九世纪末起就作为一种革命思潮，呈现出类似于堂吉诃德一样的悲剧性执着精神。较之知识阶层，它使得大量农民阶层因之而牺牲，后者的牺牲人数远远超过前者。此外，中央集权、权力集中型的共产主义思想，以及不惜拿起武器、展开较内战更加惨烈的战斗也要斗争到底的思想之盛，在其他地方也是找不出第二例的。当然，反共意识形态除外。

当面临战争还是革命的抉择时，无政府主义者经过反复争论，最后都会毫不踌躇地选择后者，共产党则会义无反顾地选择前者。与国家统治阶级进行妥协、建立中央集权政府、组建正规军队等，这些是一般人所能想到的选择，换句话说，这就是政治。那么无政府主义者究竟是什么样的人呢？

假使无政府主义者们管理一个合作社或自治体，他们所面临的最大难题是：要想实现无政府主义（无权力状态或无政府状态），就必须由无政府主义者坚决地实行"独裁"，否则一切都将分崩离析；但此时的"独裁"却又陷入与"分崩离析"完全成了同义语的窘境，即废除和扬弃一切权力的人，不得不倚靠"独裁"这种极端的权力形式去实现其理想。

我慢慢想起，自己年轻的时候，无政府主义这个词也曾像音乐当中的基调低音似的，时常在脑海里回响。少年时代，有一阵子改造社出版的巴枯宁①著、本庄可宗翻译的文库本《上帝与国家》一直是我的枕边书。第一次世界大战结束后，除了西班牙和葡萄牙，几乎可以说，无政府主义思潮在整个欧洲一齐退潮，毋庸赘言，托洛茨基②、列宁等人领导的布尔什维克革命是其中的一个重要原因。

为什么无政府主义能够在西班牙和葡萄牙残存，虽然为知识阶层所唾弃却在农民阶级中得到渗透？我不是这方面的专家，也没有进行过深入翔实的调查，所以压根儿没有打算就此展开专门的探讨，不过是始终对此有所关注而已。故此，对于年轻时的自己，我感到我有责任倾己所能做一个了结，人到了晚年，什么都可以豁出去的。

我曾计划为画家戈雅写一本传记，因此近二十年间数度前往西班牙，最近几年还在那里长期居住下来，在此期间，与几位尚在人世的老牌无政府主义者有过若干接触，并且都不是由我主动提出会面要求的。至于这些人的姓名和所在地域

① 米哈伊尔·亚历山大罗维奇·巴枯宁（Mikhail Alexandrovich Bakunin，1814—1876）：俄罗斯早期无产阶级革命者、理论家，著名的无政府主义者。
② 列夫·达维多维奇·托洛茨基（Lev Davidovich Trotsky，1879—1940）：俄国无产阶级革命家、思想家、军事家，是"十月革命"的直接领导人，俄国工农红军和第四国际的主要缔造者。

我就不明确说出来了，因为对他们来说这已不是什么值得张扬的事。尽管佛朗哥已死，自由已然可以得到很大程度的保障。

先说结论。巴塞罗那等大都市除外——因为在那些地方，无政府主义多半已经堂而皇之地进入了政治范畴——依我之愚见，无政府主义者们实际上是这个天主教专制国家内的新教徒。这个国家，既没有爆发法国那样的大革命，也没有发生过宗教改革、工业革命，因为没有宗教革命，所以也没有野蛮的宗教战争，而这正是天主教专制的最有利之处。在这个国家，所有的变革统统只是不断的、暴力性的零星偿赎，"暴力性"与"零星"注定是矛盾的，没有矛盾的历史现实是不存在的。

假使尝试着追溯这个国家的无政府主义思潮的历史，1868 年这个年份必然会以特写的形式突显出来。这一年，伊莎贝拉二世因爆发革命而被迫退位并流亡国外，作为西班牙代表加入第一国际的不是社会主义者而是无政府主义者。那个时期，来自意大利的无政府主义者出现在巴塞罗那和马德里，当时的情状一直被当作严肃而又滑稽至极的插曲，这里就暂且按下不表了。

十九世纪末的西班牙无政府主义者最值得一提的特征

是,他们与"一般无政府主义者"几乎共通的要素——炸弹、恐怖、暴动等等完全无缘,而是持身非常严谨。这与其说是一种自我道德约束,毋宁说是对于宗教的虔诚,和阿维尼翁①或罗马的那些极度堕落的神职人员相比,他们几乎可以称得上是"清教徒"了。

例如,无政府主义的倡导者或者组织中的干部,既不沾酒也不吸烟,连咖啡也不喝,出入妓院更是绝无可能的荒谬之事;发展组织时也不会从上级那里得到金钱支持,外出盘缠限制在最低水准,坐火车只能乘坐三等车厢;对犯罪者也被要求宽容处理等等。

反观这个国家的天主教神职人员又是个什么样子吧:圣堂中堆满金光灿灿的金银财宝——大部分都是从中南美洲掠夺来的——就不必说了,神职人员个个身穿金丝银线缀成的圣袍、酒色女人攒罗于前、私生子伍列绕膝……两相对照,人们很难不联想起马丁·路德。这些神职人员同王室、贵族、大地主的"三位一体"统治阶级勾结在一起,维护彼此的利益,独

---

① 阿维尼翁(Avignon)又译阿维农,位于法国东南部罗讷河畔。十三世纪末,罗马政教各派斗争激烈,威胁到教皇的安全。1309 年,教皇克雷芒五世决定将教廷从罗马迁至阿维尼翁。直至 1377 年,共有七位教皇生活在此,故阿维尼翁同罗马一样是天主教的教都之一。

占子女的教育权,与荒唐黑暗的中世纪毫无二致,于是人们很自然地对抗议派即清教徒似的无政府主义者产生同感。之所以许多教堂被拆除、烧毁,神职人员被杀死,不放在这样一个背景下来思考是不行的。

千年王国的梦想依旧闪射着浓艳的色彩。这是极富宗教色彩的梦想。西班牙的无政府主义者们,借助内战这一机势,得以摒弃试验、直接践行无政府主义。我想他们是拥有这样的土壤的。

20世纪70年代初,也就是佛朗哥统治的末期,我打算搜阅一些画家戈雅出生地阿拉贡地区的地方志,于是独自前往那里。在萨拉戈萨市,我同当地根据我的委托为我准备的英语翻译和司机会合。我起初并不知情,后来才知道这位翻译竟是位于这个城市的陆军士官学校的英语老师,得知这位翻译的身份我吃了一惊,心想我怎么雇了个这么厉害的角色。但是事实出乎我的意料——这样说或许有些失礼——这位翻译为人非常诚恳、直率,几乎不带任何偏见。

我在戈雅的出生地丰德托多斯村及其周边转了一圈,试图寻找戈雅和他夫人的亲属,结果毫无收获。后来在村子中央一座教堂前广场上的戈雅半身雕像的头部发现了一个弹痕，于是一场关于"不仅仅是这个村子，而是整个阿拉贡地区都曾卷入无政府主义运动"的议论，在村里的酒吧内展开了。

那一带在内战时期曾经发生过激烈的战斗。丰德托多斯村向东大约20公里有个贝尔奇特镇，整个镇子都被战火摧毁，于是这座废墟被舍弃，当地人在旁边重新建造了一个新的贝尔奇特镇。如今，那座旧镇废墟仍以令人畏惧的景象向人们控诉着那场战争带来的惨祸。

阿拉贡地区属于总部设在巴塞罗那的无政府工团主义的工会组织 CNT 的势力范围，首府萨拉戈萨也不例外，这座首府从未落入过人民阵线手中。从 20 世纪 30 年代初开始，每个村子里都有不少受过 CNT 训练，或是深受其影响的青壮年从巴塞罗那返回村里，在 1933 年第二共和国诞生的同时就开始践行无政府主义，也就是对小土地所有者的土地和村有土地实行集休化。不过，大部分无政府主义实践还是在 1936 年佛朗哥指挥军队叛乱之后开始的。

阿拉贡这片土地，除了萨拉戈萨市及其周边埃布罗河流域灌溉设施较为完备的地区，以日本人的眼光来看，可谓是举目望去满眼都是条件极为酷薄的芜秽之地，到处是灰色的石灰质的饭桌状山丘，即使是平地也遍布乱石，令人不由得怀疑：这里是农村吗？白昼刮的是热风，夜晚则是从比利牛斯山脉吹来的寒风。人们的生产效率极其低下，因而也不可能存在像安达卢西亚地区那样的大领主制。农业机械化方面没有得到很好发展，20世纪60年代我第一次去探访那里的时候，麦田里收割小麦使用的竟然还是骡马，打谷靠人力，谷子的囤集则依靠风力，贫困落后是显而易见的，而且那时候还没有用上电力。

"1933年那会儿，以巴塞罗那返回村子里的一帮年轻人为核心，一下子宣告要搞共产主义，而且马上解除了村子里的军警的武装，把村公所的各种文件和土地登记证什么的全烧了，然后就办合作社、搞集体化。当时，军队很快就从萨拉戈萨开过来了，逮捕了一百几十号人，才算把那场运动镇压下去。到了1936年，那些人因为有了之前的经验，就宣布了四项保证：'合作社以自愿参加为前提，不杀一个人，我们之前就曾经被抓进监狱，所以这次保证不会随便乱抓一个人，还有就是以教育为主。'可是这个时候，以萨拉戈萨为中心、同国民军的内战已经开始了，所以都没有工夫搞这件事了，那些干部人选都组成民兵到村外去作战了，尽管有时候还会回来指导一下，或者民兵团体回来帮着大伙儿搞搞收割什么的……"

革命与战争、战争与革命，二者同时进行，到底应该将重点置于哪方面,这个问题很容易引发意识形态上的分裂,而这个分裂因素,从一开始便已经内藏于其中了。

"必须搞集体化不是后来才想起的,俄国革命的消息传到村子里的时候,他们就开始议论这事了。所以,几乎在国民军叛乱的同时,他们就开始实施'彻底的无政府主义'(anarquía pira)了。别的村子怎么样,人们起初并不知道,等到内战开始后才得知,六个礼拜内,埃布罗河北岸的许多村子都已经将土地、农机具、家畜(各家最多只留一头猪)、小麦还有其他储备粮食全都集体化了,货币也即刻废止了……"

"我大概是头脑发胀了,把家里所有的东西包括穿的衣服全部拿了出去,藏在罐子里的银币铜币等也统统交给了委员会,因为我觉得,各尽所能生产,按需分配物资,不是很好吗!可我父亲他们却哭丧着脸……"

我拿出夹杂着我在这个村了所写的关于戈雅的一些笔记的旧本子开始写这篇初稿,"彻底的无政府主义"这个说法,是当时那位被日头晒得像一尊陈旧的佛像似的老农民,几乎抢过去一样在我本子上写下的,它似乎带着几许红色在本子上跳动着。他一边写一边告诉我,他是当时成立合作社的时候才开始识字的。

货币经济的废止,是农民们多少年来的期待,换句话说,

合作社的成立不仅意味着生产实现了集体化,分配也实现了
集体化。

"酒吧被关掉了,改造成了委员会的谈话室,酒不让喝了,
葡萄酒则实行配给制;木工、泥工、石匠等全都集中在一起,还
建立了理发店,屠宰场也合并成了一个大的;村里建起了学
校,实行男女同校,把那些神职人员吓得差点昏过去。姑娘们
洗澡时也敢大大方方地脱光衣服洗了,要在以前那是必须穿
着内衣洗澡的呢。不光是孩子们,大人包括女人们也走进学
校读书了。"

"开始的时候大伙儿心想,那些有钱的共和派和保王派就
不去管他们,就逃出去的人留下的土地和村里的共有土地,加
上自愿参加的村民的土地搞集体化就可以了。不承想,如果
不去管那些家伙的土地的话,就没法正常进入已经集体化的
土地,于是最后还是强制把那些土地一起集体化了。尽管并
没有采取胁迫方式,但这还是开了坏头,在人们自愿参加之
前,总还是应该耐心等待。等到战场越来越接近村子,战争和
农耕不得不交替进行,这样补给就变得困难起来了,村里的粮
食也慢慢不足了。这个时候,从城里来了一帮 CNT 的民兵,把
那些磨磨蹭蹭、松松垮垮的人——他们的问题其实不只是这
些——统统枪杀了,我的哥哥也被杀了。尽管这样,我还是拼

命干活,比以前还要努力,因为我觉得集体化是对的。不过,枪杀的后果终究不妙,不少人觉得,内战是一场战争,战争死人是不可避免的,但战争和枪杀是两码事,他们从此就开始反对起集体化来了。"

"货币废止后,发生了让人震惊的事情,有些原先根本就不怎么买得起面包的家伙,却将吃剩的面包丢弃在路边,因为反正不需要自己花钱。"

"各尽所能劳动生产,这个是能做到的,但是要说按需分配,到底这需求有没有限度啊?"

"所以说嘛,货币还是需要的呀。城里的无政府主义者告诉我们说,金钱是万恶之源,我们居然就相信了。后来村子里就自己制作纸币,在纸上盖上委员会的大印,再用铁皮将它割开,就当钱用——干这种事情还不如去造枪炮子弹哩。每个村子都各自为政制作本村的纸币,自己编制配给表,但是这个村子的钱拿到隔壁村子去就不能用,所以如果到城里买东西或者看病的话,还必须要城里的纸币,可是城里的纸币全都掌握在委员会手里。"

"要是从贫穷的资本主义发展到物质丰裕、人人有钱的共产主义,那当然好啦。"

此刻我写下这些文字时,无法不想到柬埔寨的波尔布特政权,还有中国人民公社的发展过程以及它的变迁。

　　"这时候,识点文字的干部陆陆续续开拔上了前线——说是前线,其实就在很近的地方——年轻人几乎都走光了,只剩下老人和妇女,连记个账的人都没有了,没等国民军的队伍来,一切全都已经瓦解了。等到战争越来越激烈,民兵们就拿枪逼迫村民们,开始强征粮食和鞋子等等,这样一来,不光是各户村民开始私藏粮食和其他物资,连身为无政府主义者的各村委员会的干部也开始私藏了。村里集会的时候,干部们都全副武装了起来,照这个光景,还不如军队进村呢,别管是哪方面的军队,这不是自然而然的吗?"

　　同巴塞罗那等地区那些富于理论知识和亲身经历的人士比起来,这些老农民的话更加令我感触良深。向往自由社会的无政府、无权力的美好理想,就这样简单粗暴地蜕变成了一个用武力来说话的独裁制度,一种无政府主义、无权力主义的权力独裁。

　　"真像是个梦啊,可是,没有了梦想又该怎么生存呢?"

　　"还是如今的合作社好。"

　　革命的同时爆发战争,战争的同时进行革命,哪一个应该更优先?这个问题似乎凝缩了内战时期共和国所面临的一切问题。我当然没有资格对其做出判定。然而,当我整理大约十年前在丰德托多斯村匆促记下的这些笔记的时候,我却敢断然地说,这个贫穷落后的阿拉贡小村也清晰地打上了西班牙内战的烙印,它是西班牙内战的一个缩影。

不管怎样,单凭前后总共大约十三个月的践行便毫不犹豫地做出结论是极其危险的,毕竟那只能说是战时的不断试错,况且还属于十分初级的尝试。

无法实现的东西与宗教性之间,会不会有着一种割不断的关系?

我听着他们的叙说,几乎没有插一句嘴,我不能不说,他们的表达方式中似乎有一种被称为模式化的东西。另外,坐在吧台上远远望着这些老人的年轻人,他们那冷冷的眼神——非要我说的话,那是一种嘲笑,甚至似乎带着点敌意的眼神,也始终令我忘不掉。

后来我在阿拉贡地区生活期间,也听人说起过几乎与此完全相同的历史陈迹。由于那里内战时属于非占领区,因而推进方式没有那么激进,可惜那本笔记本丢失了,所以无法在这里将记录抄写出来。

那位陆军士官学校的老师如实地为我做了翻译。当车子在不见一盏灯火的黑暗中返程驶向萨拉戈萨时,他一边开车一边说道：

"我是在马德里和伦敦长大的，今年 35 岁，对马德里还多少了解一些，关于内战史以前也知道一点，但是讲到百姓究竟怎么看待内战，又经历了什么，就一无所知了。"

我听出他的声音十分沉重。

这又是当地人不忍触及的往事吧。

这位翻译后来写信告诉我，那几位老农民中，一人曾被判刑六年半；一人逃亡至法国，在法国像奴隶一样从事公路筑路整整八年；一人是从墨西哥返回的；还有一人则躲在马约卡岛的山中牧羊多年。这些背景想必他都是从军警的资料中找出来的。

尽管当时已经处于佛朗哥独裁统治的末期，但是在村子入口处的地面上，仍非常引人注目地嵌着五支箭集攒在一起的长枪党党徽图案。

第四章　在阿拉贡

阿拉贡地区的南部山区，有好几个不可思议的小镇和村子，它们好像已经被时光，或者说，被历史遗忘了似的。

从萨拉戈萨向南约 80 公里的地方，有个小镇名叫达罗卡（像是存心在打趣似的①）。倘若你从地中海沿岸巴伦西亚那一带北上来到这个小镇的话，就会看到这样一幅景观：在险峻的山峦之中，若干黏土质的山岗——我想说它其实更像是砖瓦质的——将小镇围住，山岗上蜿蜒着多半已经崩塌的阿拉伯穆斯林时代的颓墉。站在山岗下方，宛如被闭锁在一只破旧的首饰盒中一样。破败的颓墉用砖瓦堆积而成，看上去自十三世纪以来显然经过了数度修缮加固，原先上面有着百余个石塔及石砦，如今有许多已经不见影迹了。仰头望去，山岗

---

① "达罗卡"的发音与日语"是……吧?"的发音极为相似。

上百余石塔石砦构成的红色橼檐,覆遮在小镇上空,到访者几乎以为自己穿越时空来到了中世纪。小镇出入口的大门兼关塞上方,镂刻着神圣罗马帝国的皇帝卡尔五世①的盾徽纹样,更让人有种远离现代的感觉。

登上山岗,站在沿蜿蜒起伏的山脊呈现出一条曲线的颓墉脚下,俯瞰山下这个人口尚不足 3000 的小镇,几乎完全看不到人们在做什么。崩塌的颓墉处有羊群进出,我试着同手握古旧的阳伞和手杖的牧羊人打招呼,对方却毫无反应。这个小小的达罗卡小镇,竟然极不相称地拥有三座高大的石砌教堂。每当山岗上大量雨水冲下来的时候,贯穿整个镇子的小路就化身成了引水沟,游客若是那种时候到访的话,简直就是一场灾难了。

这个看上去仿佛时间停滞、依旧停留在中世纪的小镇,又会向我展示些什么呢?

这个小镇在西班牙似乎属于很少有旅行者光顾的地方,向他们提问这个问题,我不是没有做好不得不跟对方打两个

---

① 卡尔五世(Karl V,1500—1558):通称查理五世(Charles V),是西班牙国王(称卡洛斯一世,1516—1556 在位)、德意志国王(1519—1556 在位)、神圣罗马帝国皇帝(1519—1556 在位)。其统治期间,先后和法兰西王国、奥斯曼帝国爆发战争,使得西班牙帝国盛极一时、称霸欧洲。

小时交道的心理准备,当酒吧老板抓住我的胳膊表示要为我做向导时,我只能顺从地跟着他走。他带我去看的教堂,是多见于阿拉贡地区的那种特有的建筑样式,也就是穆德哈尔①式建筑,是由受雇于基督教徒的阿拉伯穆斯林工匠们建造的,通过瓦片和瓷砖等的拼花镶嵌而展现出一种融合了多民族风格的混合式建筑样式。我知道有的人不喜欢这种杂糅的、称不上纯粹的样式,但是,纯粹、纯洁的文化及艺术是根本不存在的,它们只有通过与异文化的碰撞、挑战、消化、同化等等,才能存续和发展。

然而,当你身处西班牙这个地方,总会听到各色各样关于所谓奇迹的叙说。

1239年——年代居然被记忆得如此精确——两万名阿拉伯穆斯林从巴伦西亚前来攻打这个小镇。当时,祭司正在做着弥撒前的准备,听到这个消息,当即将圣饼用圣体布裹了起来,自己则藏到附近的灌木丛中。当时镇子里只有六名骑士,但是奇迹却出现了,六名骑士英勇顽强,竟然打败了两万之众的摩尔人军队!等到战斗结束,祭司返回去拾取圣体布时,只

---

① 原本指收复失地运动后留在伊比利亚半岛的摩尔人,后也指一种由基督教文化和穆斯林文化融合而形成的建筑及艺术风格,其特点是大量使用复杂平铺的几何图案和植物纹样。

见圣饼变成了滴血的肉片。这绝对是个奇迹，它就是基督教神学中所称的"变体"（transubstantiation）现象。六名骑士于是争夺起变体后的圣体来，这时祭司想出一计：将圣体驮于自己的骡子上，让骡子在镇子里走一圈，骡子停在谁家门前圣体就归谁。结果，骡子果然不出所料停在了弥撒堂前，于是圣体自然就归教堂所有。

这件事很快就在近里远乡传开，最终连罗马教皇也认可了这一奇迹。

一如亲眼所见的，在这个天主教的国度，所有神圣的、奇迹类的物事，统统是以有形、具体、肉体化的形式存在的，而不是抽象的。因而《福音书》的普及在这里也是最晚的，也可以说《福音书》在这里几近遭人无视了。既然祭司是呼求神从天而降来到人间的人，那么祭司经过的时候，不管是国王还是濒死的病人都要跪在路旁迎候——国王必须从马车上走下，病人也必须从担架上爬起来。

但是这种"变体论"朝着极端方向发展下去的话，就会变成一种极为恐怖的自信，甚至是自信过剩：

"什么？耶稣奇迹？在我这个教区，这种事情是绝对不允许的！没有我的许可，鼓捣什么奇迹的家伙我会用火刑烧死他!"

时至今日,伊比利亚半岛的天主教徒估计仍是《福音书》读得最少的基督徒吧,反正他们觉得只要有神的代理人大祭司,就万事圆成了。

十多年前,我曾经去到一处乡下观赏斗牛,看到正面观众席上,端坐着一位表情严肃的祭司,手里捧着用圣体布裹着的圣饼,不由得大为惊讶。原来,这种事先的刻意安排,是考虑到斗牛过程中可能发生不测事故。

我参观着像伊斯兰教清真寺和天主教教堂混合在一起的教堂内部,一边心生怀疑:这里究竟是阿拉伯还是伊比利亚?一边耐心等待着酒吧老板长而又长的叙说结束,脑子里还在失敬地胡思乱想:真是这样吗?这个镇子同样遭到了拿破仑军队的彻底摧毁,直到今天似乎还没有从那场毁害中恢复。

从达罗卡往西北方向前去约 39 公里,有一个被居住在西班牙的日本诸君称之为"空手·柔道"的城市卡拉塔尤德①。卡拉塔尤德位于连接马德里、萨拉戈萨和巴塞罗那的二号国

① 卡拉塔尤德(Calatayud)的"卡拉塔"与日语中"空手道"的发音相近,"尤德"与日语中"柔道"的发音相近。

道途经之地,历来战略位置十分重要,然而如今,匆匆赶往旅游目的地的游客们谁都不会在此处驻足停留。

但这里却有着最为典型的阿拉贡景致。举目望去,视线投向丘陵、山脉,就算你不是拿破仑你也会禁不住想:这里不是欧洲,而是非洲北部吧?那些看不见一簇绿色的赤褐色的砂岩和石灰石,就好像被剥掉了一层外皮似的,到处是一片荒凉,看着这样的风景只能想到一个词,那就是荒村野地。

但是往马德里的方向,从小城左侧流淌而过的哈隆河两岸却是绿意盎然,农作物的收成也十分可期。没有水便什么也长不出来,有了水,万物才能生长——眼前的景象就仿佛用砍刀剖竹一样,粗暴无情地阐述了这个简单明了而又极其残酷的事实。或者应该说,不是生就是死吧。

一个名叫卡拉特·阿尤布①的阿拉伯穆斯林英雄人物在此地建造了城堡,因此后来才有了卡拉塔尤德这个地名。据说当时建城堡的石材是从现在这座小城以东的罗马时代遗址比尔比利斯运来的,昔日的比尔比利斯,是连接从地中海至罗马人在北方的埃斯特雷马杜拉地区建设的梅里达之间的官道

---

① 卡拉特·阿尤布(Qalat Avub,生卒年不详):曾为摩尔人在今萨拉戈萨地区的总督。

上的重要一站。

然而，如今这里可以说没有任何值得一览的事物，而不得不看的，只有那荒寂、面目可怖的赤褐色的砂岩堆了吧。罗马时代曾写下不少灵妙隽语的诗人马库斯·马提亚尔①，就是从这里走出去的。晚年，他难抑乡愁又从罗马回到自己的故乡，最后终老于此地——这一传说也实在令人生疑。灵妙的隽语？触发其灵感写出如此诗句的是什么样的景致、在哪里？和辉煌的罗马比起来，满目石灰岩和赤褐色砂岩的荒凉景致——虽然有水也有植被，但那仅仅在河流两岸大约 50 米的范围内才存在，值得他从罗马返回以终老故乡吗？到底为什么……

难道说，这就是人所拥有的一种热情？

八角形的教堂钟楼，混合了阿拉伯穆斯林样式的几何装饰、文艺复兴样式的雪花石膏雕刻、巴洛克样式的祭坛等多种风格——这就是阿拉贡？我喃喃地嗫嚅着，却一时浮涌不起任何感受来。于是，我也和生活在马德里的日本诸君一样，只记住了"空手道"这样一个难以解释且毫无意义的名字，悻悻地返回。

---

① 马库斯·瓦列里乌斯·马提亚尔（Marcus Valerius Martialis，约 40—104）：古罗马帝国时期的诗人，代表作有《奇观》《隽语》等。

"空手·柔道"市,拜拜了。

说到不可思议,在特鲁埃尔市至地中海沿岸的卡斯特利翁·德拉普拉纳之间那巍峨连绵的群山之中,有两个小城,分别是鲁维耶洛斯-德莫拉和莫拉-德鲁维耶洛斯。

没错,一个叫鲁维耶洛斯-德莫拉,另一个叫莫拉-德鲁维耶洛斯,名字的拼缀正好倒过来。

这是怎么回事?我问当地人。回答说是自古就是这样的。

既然自古以来就如此,我也就没法子刨根究底继续问下去了。

行驶在通往这两个小城的路上,汽车方向盘必须像水车轮轴似的来回不停转动。在公路建成之前,估计除了用骡子或驴驮运货物的小商贩以外,没人会前来这里造访。

同时另一个不可思议的地方则是,两个城镇里的建筑没有任何阿拉伯穆斯林风格,而是十分地道的卡斯蒂利亚样式。虽然地处交通十分不便的山区,但是这两个名字互相颠倒的姊妹城镇,却都密布着许多拥有轩敞的卡斯蒂利亚样式中庭的领主宅第、看上去似乎是贵族豪宅的建筑,以及带拱廊、门楼的古旧城墙,进入城门还可以看到斜铺着石砖的广场和喷水池。

所有建筑物,包括低矮的柱廊以及破损的列柱等,全都经过精心修复,有些地方甚至可以看到应该是近些年才饰上去的铁制的雕镂装饰。

只是,几乎看不到行人和车辆经过。

广场上,只有喷水池和汲水场响起的水声。

城门旁那棵巨大的橡树,有着数百年的树龄。

暮色降临时,悬突在石屋檐下的造型优雅的铸铁檐灯亮了起来。

可还是不见一个人影。

檐灯将各家正门前雕刻的家纹映照出来。

两三只野猫在无声无息地奔窜、晃悠(在西班牙,猫大抵是无人饲育的野猫,狗则都是家养的)。

酒吧里聚集了众多的人,一边喝着葡萄酒,一边起劲地闲聊。不过,我已经被这两个姊妹城顽强存续下来的优雅的贵族气息,以及石头的静谧带来的震撼镇住了,失掉了向人问询的意欲。

看到酒吧墙上的装饰物,我再次被震撼到了:墙上挂着三四只直径足有50多厘米的远古时期的巨大扇贝,全都毫无破损,完整如初,而且全都已经变成了化石。如此说来,这处险峻的群山，难道在远古的时期曾经是海底吗？

我禁不住问：这是在本地发现的吗？酒吧老板的女儿点了点头答道：嗯。

我招呼结账。一杯咖啡、一杯科涅克白兰地、一份煎鸡蛋，总计 52 比塞塔（约合 130 日元左右）。

这是怎么说呢？

难道这座小城也成化石了……

顺带说一下另一件不可思议的事情。沿着距特鲁埃尔市大约 40 公里的图利亚河向西，在一片同样是秃零零没有一棵树、只有石灰质岩石的险峻的群山中，有一座名叫阿尔瓦拉辛的小镇，人口还不足 2000。

镇子坐落在耸立于清流徐缓的图利亚河谷两侧的山崖之上，星星点点的房屋仿佛嵌入山崖一般，多是建成四五层、细长的样式，高高地插在山崖上，房屋与房屋层层叠叠，就好像扑克牌摞在一起似的。而在镇子外侧，则是当地不可或缺的万里长城一样的石头城墙，翻越山丘、封堵山谷，将整个市镇围起，保护着居民们的安全。

几乎每户人家的房屋都是用石头垒就的。其中有些房屋已经无人居住——那是眼看房屋快要崩塌所以搬走了，但是紧邻着的那户人家却在窗口晾晒着壁毯,看起来不管邻家的房屋是否快要崩塌,照样能心不乱、魂不惊地安之若常。从房屋突出来的阳台都是悬空式的,在一般人眼里看似万分惊险,简直不敢直视,而阳台下方的过道则十分狭窄,只能容下一辆摩托车通行。

精巧的铸铁檐灯非常优雅,比邻图利亚河的散步道铺装得干净美观,门前修剪过的绿篱一簇连着一簇,清晨和傍晚,则有系着领带的绅士携夫人在此散步。镇内以及镇子一隅都有教堂,相较于这个镇子的规模和人口来说简直堪称巨大,钟声传至赤裸的山崖上,发出响亮的回声。

镇子中央的小型广场四周,建筑的入口镶嵌着纹章,我尝试着向里面觑视,里面好像是银行,几位年轻女性正在附带摄像功能的电脑似的机器前敲击着键盘。

有两三人在清冽的河上   尽管只是条小河——垂钓。一打听,原来他们在钓鳟鱼。

这个小市镇也有着一种令我这样的人难以理解的东西。人们紧挨着这些难以靠近的山崖居住,他们是依靠什么而生存的呢?居住在四五层高的房屋里的人们又是如何生活的?镇子很有格调,尽管有几处房屋似乎要崩塌了,但整体来说并没有给人以凋败的感觉。面包铺子是烧柴火烘烤面包的,这儿的山谷中虽然长有白杨树,但是四周满是岩石裸露的乱石岗,那些拿来作柴火烧的树木长在什么地方呢？镇子里只有一家旧贵族的宅第改建的旅馆,另外有两间旧货铺,虽说近年来有观光游客零散前来,但是有什么东西需要用电脑进行计算呢？

原因就在于,这儿的山谷间残存了中世纪的一页。走进镇政府办公室,可以看到墙上挂着一纸介绍其源起的考据文字,上面写着:十一世纪曾在非洲西部建立起帝国的阿尔摩拉维德人①中的一支——阿尔-巴努拉辛人将这里作为其根据地,称之为阿尔-巴努拉辛,并最终征服西班牙。阿尔-巴努拉辛就是今天的阿尔瓦拉辛。

由于大多数人家门前雕刻有纹章,起先我还一个劲地以为是阿拉贡的贵族被阿拉伯穆斯林的军队追赶,最后逃入这大山之中,不想却是相反。

这样说起来,那些高达四五层的敞屋莫非是阿拉伯穆斯林众多后宫的居室？不管怎么样,那都是八九百年前的历史

---

① 最早来自撒哈拉,十一世纪起开始征伐和扩张,先后占据了今天的摩洛哥和阿尔及利亚的部分地区,建立了阿尔摩拉维德王朝(约 1040—1147)。于 1086 年击败卡斯蒂利亚和阿拉贡的基督徒联军,控制了伊比利亚半岛大部分地区。

了。此外，在这个市镇附近，还有一个洞窟群，至今还存着两万幅数千年前的岩壁画，就是诸位熟知的那些山羊似的动物图案。

将自己对历史的感知随心所欲地拿出来翻弄、反转，这是我喜欢的。

路边、山丘以及荒野，随处可以看到零零散散的、插着十字架的墓碑。但令人想不到的是，在一片玉米地的中央、生长着低矮松树的山腹等等地方，竟然也突兀地竖着墓碑，乍看起来让人非常不解——为什么在这样的地方会出现这个呢？

有几处的十字架因为锈蚀已经断裂或歪斜。

内战时期，这里曾经是战斗最为激烈的地方。

墓碑的所有者都是佛朗哥方面战死的军人。墓碑上的文字大多以 Aquí Yace——意为"长眠于此的"——开头。（共和国方面的战死者则不被允许在他们阵亡的地方竖立墓碑，因为他们都是"罪人"。）

读过乔治·奥威尔《向加泰罗尼亚致敬》的人，看到特鲁埃尔这个城市名字，无不后脊梁带着战栗反反复复地谛读。乔治·奥威尔作为一名外籍义勇兵参加了西班牙内战，并且加入野战部队上过前线，还负过伤，他后来著成的名作《向加泰罗尼亚致敬》，其舞台都是在阿拉贡战线。

三面是危崖，客气点说也是看上去极为陡直的斜面，向上拱起一座山丘，特鲁埃尔便位于山丘之巅。从城市北面的平原行近这座城市的时候，不知为什么，我竟然有一种非常不吉的感觉，与其说这是一座建在山丘之上的城市，更像是一座坐落于绞刑架上的城市。

特鲁埃尔是座不幸的城市。这一切皆起因于，它的地理位置正好在马德里与地中海边的巴伦西亚两地连接线的中间。换言之，无论哪一场战争，从地中海攻向这个国家的中心地带，或者反之，从这个国家的腹地向地中海方向进攻，特鲁埃尔都是绕不开的必经之地。从气候方面讲，特鲁埃尔也是座自然条件非常差的城市，尽管海拔有 916 米，但夏季极其炎热，气温冲上 50 摄氏度也不罕见，冬季气温则可达零下 18 至 20 摄氏度。夏季吹热风，冬季吹寒风，无论夏季或冬季，都风势猛烈。在凛冽寒风中进行的内战，由于共和国方面的军队和佛朗哥军队都没有备足防寒服，因此死于冻伤的士兵远远多过死于炮火的士兵。

在西班牙，各省首府合计有 50 个，其中特鲁埃尔市的人口最少，只有 20 万刚刚出头，这也从一个方面印证了这里的生存环境极其之险恶。

而这个城市的历史较浅，可能也与之有关。根据相关书籍记载，十二世纪后半叶，阿拉贡国王打算在基督教徒统治的萨拉戈萨与阿拉伯穆斯林统治的巴伦西亚之间筑起一座堡垒，于是向这一带派兵。阿拉伯穆斯林的军队集合了大量的牛，赶到特鲁埃尔的山丘上，在牛角上绑上火把，趁夜驱策牛群朝基督教徒军队冲下来，使的是同义仲在俱利伽罗峠之战①中的火牛阵一样的战法。其后，阿拉伯穆斯林军队又使了一次火牛计，但这次基督教军队方面稳住阵脚，以投石器战胜了敌人半月形枪尖的长枪。最后只剩下一头活牛——牛角上的火把仍未燃尽——站在山丘顶上，迎接基督教徒们的到来。

很自然地，这头牛被视为改宗信奉了基督教，于是人们在这座城市的广场上建了一座大理石基座的石台，上面放置了一头牛的雕像，牛角上的火把则用星星代替，以纪念那头牛。

当然，阿拉伯穆斯林同基督徒之间并不是只有争战。其证据便是，这座城市现存的、历史最短的一座基督教教堂，在

---

① 又称砺波山之战，是日本平安末期寿永二年（1183年）五月由木曾义仲的军队与平维盛率领的平家军之间进行的一场战斗，也是源平合战中规模最大的一场战斗，最终平家军大败。

1502年当时是作为伊斯兰清真寺而建造的。一直到十六世纪末，穆斯林、基督徒和犹太教徒之间仍互助互帮、和平共处。城内筑有一座建造于十二至十六世纪期间的、上下共八层的穆德哈尔式高塔，也许可以视作这种象征。还有，假如走进这座城市最具代表性的特鲁埃尔大教堂，可以看到圣堂穹顶上繁复而精巧的拼花镶木装饰，不由得令人想到格拉纳达的阿尔罕布拉宫。只不过有所不同的是，这里穹顶上的人物都长着基督教圣人的面孔，以及象征众圣人的各种各样的鸟和兽类。

而象征着阿拉伯穆斯林与犹太教徒之间相亲相爱的故事中，最具代表性的则是在西欧世界无人不晓的"特鲁埃尔的恋人"。

这个故事并不曲折。十三世纪时，这座城市里有一位美丽的姑娘，名字叫伊莎贝拉，爱上这位姑娘的青年名叫迪亚戈，迪亚戈出生于前面提到的不可思议的小镇阿尔瓦拉辛，是一名犹太教徒的儿子。姑娘的父亲是个固执、毫无同情心的家伙，他要求迪亚戈必须拿一大笔钱来，否则便不许他们结婚，期限是五年。谁也不知道迪亚戈在这五年期间去了哪里，总之，在期限将满前，他带了许多金银财宝和一身的英勇故事，回到了特鲁埃尔城。

谁料，就在这一天，伊莎贝拉却同别的男子举行了婚礼，就在婚礼结束的那一瞬间，迪亚戈回到城里，冲进了教堂。

他倒在伊莎贝拉的脚下，当即气绝身亡。

第二天，已经成为别人妻子的伊莎贝拉伤心不已，她抱着迪亚戈的棺材，竟也一命呜呼。双方父母亲见这对恋人如此真情而终不得成眷属，便将两个人纳于同一口棺椁。

在各个方面大抵都显得严谨、犷悍，并且充满杀伐之气的国度西班牙，这是个难得一见的罗曼蒂克故事。自古以来，不仅是西班牙的诗人和作家，欧洲的许多诗人和作家也从这个故事中获得灵感，从而创作出众多感人的作品。

这对恋人现在化作了雪花石膏雕塑，长眠于教堂的配楼中，两人的一只手抚在胸口，另一只手则与对方紧紧相握。在雕塑下方透雕镂刻的棺椁内，露出两个人的遗骨，并且摆放狼藉，让人不由得想，这倒很有点这个国度的性格。

遗骨的话题到此为止。当我走出放置有雕像的教堂配楼，心里仍在回味着这个感人的罗曼蒂克故事时，却听见淘气的特鲁埃尔孩子们嘲讽道：

Los Amantes de Teruel

Tonta ella y tonto el.

特鲁埃尔的恋人们，

姑娘是傻子，小伙儿也是个傻子。

记得大约二十年前，克洛德·雷诺阿导演拍摄过一部题为《特鲁埃尔的恋人们》的电影①。不过话说回来，故事的男主人公为了生计不得不流浪他乡整整五年，这也从历史的角度证实了这一带的生存艰难。

走出教堂，不远处就是前面曾提到过的穆德哈尔样式的四方八层高塔。颇为奇妙的是，方塔的拱廊也就是最下层部分，其装饰纹样最小最细琐，而越往上越宽大宏壮，给我一种头重脚轻似乎很惊险的感觉，但它已经安然屹立了六百年之久。这座建筑似乎在以身说法地向人们显示，从历史上来讲，这个国家的人在建筑知识和建筑技术方面是如何不敌阿拉伯穆斯林的。

但与此同时，我又不禁生出一闪念，这种惊险感或许也可以看作是阿拉伯穆斯林、犹太教徒以及更多的基督徒之间，各安生理，用自己的智慧达到与对方共生共存的一种象征。说起来，这座城市的意象——雄牛，原本是属于穆斯林的，倘使

① 原文如此，此处作者可能记述有误。《特鲁埃尔的恋人们》是一部1962年上映的歌舞片，导演是雷蒙·鲁洛（Raymond Rouleau）。

它作为这座城市的意象和象征而一直存在的话，就不会有几十年前的那场内战。这不是毫无可能的，否则，所谓历史就真的不值得人们信任了。

西班牙内战决定了这座城市的命运。城市经受了双重的碾轧，内战造成的损害、牺牲远不是火牛计之可比的，战争中双方在这里投入了拥有的所有现代化武器，而战后所有与共和国军队方面有一丁点关系的人，全部遭到枪决。在此我不想赘述战争的经过及结果，只想说，20世纪70年代初期，我第一次到访这座城市的时候，所有医院设施、青少年的娱乐设施、养老设施等，统统是为佛朗哥派的人提供的，其他人一律被排除在外，不得享用。目睹那样的情形，我大为震惊。

这座城市也决定了西班牙内战的命运。一方面，人们拥有创造一个更适合生存的人类社会的热情，但与此同时，热情的幻灭却似乎与这种热情相伴而生，就像一对同卵双生儿一样，这堪称是二十世纪后期的一种政治及社会症候群。

大理石台上的雄牛——令人意想不到的是这件作品其实没有想象中的大——看上去似乎在向天咆哮。

第五章　在加泰罗尼亚(一)

　　我们不可以说"西班牙,去死吧!",这是因为西班牙便是我们(是我们这头的西斯班尼亚①,也就是塔拉科南西斯②的西斯班尼亚)。中部人不过是生活在西斯班尼亚外部。西班牙这个名字是属于我们的。

　　中部人铸造了带有纹章图案的钱币,但是却败给了比塞塔,我们的钱币战胜了他们的钱币。

　　还有,西班牙国旗是加泰罗尼亚旗的一半。所以说,

---

① 西斯班尼亚(Hispania)是古罗马人对伊比利亚半岛的称呼。后文在述及"罗马志向"及强调罗马化的自我认同的语境下,仍使用"西斯班尼亚"一词。

② 塔拉科南西斯(Tarraconensis)为罗马帝国在伊比利亚半岛设立的三个行省之一,位于今西班牙东北部,濒临地中海。其首府塔拉科(Tarraco)为如今的塔拉戈纳市(Tarragona)。

西班牙从名称、旗帜到钱币，都是我们的。

——安东尼·高迪[①]

这话太有冲击力了。

多数西班牙人，特别是他提到的"中部人"即卡斯蒂利亚人若是听到，一定会怀疑自己的耳朵，等到下一个瞬间终于理解了他所说的意思，想必都会抡起拳头来，甚至可能掏出武器。

众所周知，在加泰罗尼亚地区尤其是巴塞罗那市，安东尼·高迪的作品在二十世纪的各种建筑成就中绝对属于佼佼者。有的人称高迪怪僻、变态，有的人则赞誉其优秀无比，他就是设计出圣家堂以及许多风格怪异的公寓、个人住宅的那个天才建筑家。

本章开篇引用的，是笔者试着从高迪与一个名叫胡安·贝尔戈斯的人的对谈中翻译出来的一段话（引自《高迪与胡安·贝尔戈斯对谈录》，1974）。

不过，想要让读者理解这段话，还必须略加说明。

首先，这里所说的"我们"，无须赘言，指的是加泰罗尼亚人，也就是说必须把"我们"理解为"我们加泰罗尼亚人"。其

---

① 安东尼·高迪-科尔内特（Antonio Gaudí y Cornet，1852—1926）：出生于加泰罗尼亚的西班牙著名建筑家，代表作有圣家堂、米拉之家等。

次,"我们这头的西斯班尼亚,塔拉科南西斯人的西斯班尼亚"这一句解释起来比较复杂。西斯班尼亚是西班牙(España)的古称、古名,塔拉科南西斯则是如今位于加泰罗尼亚自治区地中海沿岸的塔拉戈纳市一带的古称,这一点如果不加以说明是很难让人彻底理解的。

自巴塞罗那向西南前去约100公里,便是塔拉戈纳市。这座城市是西班牙最古老的城市之一。该城引以为傲的罗马时代的遗迹,尤其是濒临地中海的圆形剧场遗址,虽然因为地理环境的缘故,毁坏相当严重,但依旧十分壮观,在蔚蓝的地中海映衬下显得非常美丽。另外,建于罗马帝国行省时代的神殿和城堡等,曾经被用作采石场,如今则转为教堂、公共设施或民宅,也依然能够令人领略到当年宫殿或神殿的威容。昔日向这座城市引水的罗马时代的高架水渠,也依然在城市近郊留下了它的宏伟身姿。

这座城市曾被赋予了仅次于其母城罗马的特权,屋大维·奥古斯都、西庇阿·阿非利加努斯、哈德良①等罗马帝国

---

① 盖乌斯·屋大维·奥古斯都(Gaius Octavius Augustus,公元前63—公元14):恺撒大帝的甥孙和继任者,罗马帝国开国皇帝(公元前27—公元14在位)。"奥古斯都"是其称号,意为"神圣伟大";西庇阿·阿非利加努斯(Scipio Africanus,公元前236—前184):通称大西庇阿,罗马统帅、政治家。以于第二次布匿战争中打败迦太基统帅汉尼拔而闻名,"阿非利加努斯"即意为"非洲的征服者";埃利乌斯·哈德良(Aelius Hadrianus,76—138):罗马帝国皇帝(117—138在位),曾在不列颠岛北部建造了著名的哈德良长城。

的大人物都曾到过这里。基督教传至半岛后，西斯班尼亚大主教的管区役所即在此地，公元五世纪遭到柏柏尔人入侵，终于在八世纪被阿拉伯穆斯林占领，其后大主教的管区役所才迁至托莱多。据说，判耶稣基督死刑的本丢·彼拉多①也是生于此地。

塔拉戈纳市内的广场名叫塔拉科帝国广场，似乎也仍在以曾经作为罗马帝国的直辖地为傲。

高迪是五金匠的儿子，出生在距离这座城市大约 12 公里的小城雷乌斯。他是生于他所说的"我们这头的"（Citerior）西斯班尼亚，也就是生于塔拉科南西斯。他是眺览着那些巨大雄伟的遗址长大的。Citerior 这个词一般被译成"更接近的"，若解释得再透彻一点的话，就是从罗马人的角度，指更接近罗马的意思。

再来看"中部人生活在西斯班尼亚外部，西班牙这个名字是属于我们的"这一句。这里说的中部人，无须过多解释，自然是指主要居住在伊比利亚半岛中部的卡斯蒂利亚人，即以马德里为中心的中部地区的人。换句话说，半岛中央的人在加泰罗尼亚人看来，充其量不过是外部的、外面的、那一边的。

---

① 本丢·彼拉多（Pontius Pilatus，生卒年不详）：罗马帝国犹太行省第五代总督（约 26—36 在任）。

这话还隐含着这样一层意思——中部人把濒临地中海的"我们"蔑为外部,但实际上"我们"才是中央,所以紧接下来会说"西班牙这个名字是属于我们的。"

换一个场景来说明的话,例如天孙降临之地是在日向地方的高千穗,所以也可以说九州南部才是日本的中央。只不过,这两者一个是神话,一个却是无可置疑的历史事实——有至今尚存的罗马帝国的神殿和城塞遗迹可证。

换言之,这种以奠立了整个西欧文明基石的罗马帝国的历史存在为摄持,试图从地理上、文化文明上,进而扩至政治上追求一种民族身份认同的想法,同样是无可置疑的事实。假如进一步类推的话,不难看出,加泰罗尼亚人至今仍以其曾经的西欧历史背景为耀,对于十六世纪"神圣罗马帝国皇帝"这一称号仍钟情难舍。他们该不会把罗马教皇也抬出来吧①?不要忘记,在欧洲确实存在着这样一种思潮,叫作"罗马志向"。

再往下一句,"中部人铸造了带有纹章图案的钱币,但是

① 此处的神圣罗马帝国皇帝指查理五世,即西班牙国王卡洛斯一世(1516—1556在位)。他于1519年成为神圣罗马帝国的皇帝,1556年退位。接下来的罗马教皇应是指亚历山大六世(Alexander Ⅵ,1431—1503),他是文艺复兴时期极具争议的一位教皇,在位期间(1492—1503)曾为西班牙与葡萄牙划定了殖民扩张的分界线,即"教皇子午线",同时也因私生活放荡、贪婪以及充满政治野心而臭名昭著。

却败给了比塞塔,我们的钱币战胜了他们的钱币。"这里所说的带有纹章图案的钱币指的是埃斯库多①,"埃斯库多"这个词本身即有盾、纹章的意思。这句话是说现在仍作为西班牙流通货币的比塞塔,原本是加泰罗尼亚地区所使用的货币,也是其货币单位。

最后一句话可以说是最过激和最具有冲击力的:"西班牙国旗是加泰罗尼亚旗的一半。所以说,西班牙从名称、旗帜到钱币,都是我们的。"

现在的西班牙国旗,以黄色或金黄色为底,上下共两道红杠,而加泰罗尼亚旗则有四道红杠,所以有"一半"这样的说法。

或许有人会觉得,这不是小儿科吗。但是高迪却很认真,他是真心实意这么想的。按照他所说,人们甚至可以理解为他是在主张以首都马德里为中心的西班牙应该属于加泰罗尼亚。虽然高迪只不过如实地说出了包括自己在内的加泰罗尼亚人隐藏于内心的民族主义意识,但却无法不激起卡斯蒂利亚人的愤怒。

高迪头脑中的西班牙王国,想必限于古罗马时代以塔拉

---

① 十六世纪时西班牙流通的一种金币,上面有华丽的哈布斯堡家族纹章。后因社会动荡和连年贬值,西班牙于十九世纪初弃用埃斯库多,改用比塞塔。

科(今塔拉戈纳)为中心的塔拉科南西斯地方、以西班里斯(今塞维利亚)为中心的贝提卡地方和以埃梅里达-奥古斯特(今梅里达)为中心的卢西塔尼亚地方所形成的这样一个区域范围①吧。而让卡斯蒂利亚人来说的话,恐怕这就是无可救药的、偏狭的加泰罗尼亚民族主义和不识时务的罗马帝国主义。

但是,如果顺着上面的思路扩展开去,假设历史上加泰罗尼亚向东征服撒丁岛、西西里岛,甚至将古希腊的雅典也占为殖民地的话,那他们可就非但不是"加泰罗尼亚民族主义者",而且还可以堂堂地宣告自己才是"欧洲人"了。

欧洲人——没错,就是这样。直到现在,例如我在和加泰罗尼亚人,主要是巴塞罗那人聊天的时候,对方时不时会极其自然地冒出这样一句:

"我们是欧洲人。"

"比利牛斯山脉的那边不是欧洲,是非洲。"这句话是拿破仑还是维克多·雨果说的,我不太确定,不过从地理、地形的角度讲的话,撇开一南一北的大西洋和地中海沿岸地区来看,这话还真是颇贴切。特别是从法国越过比利牛斯山脉进入卡

---

① 塔拉科南西斯、贝提卡和卢西塔尼亚是公元前二世纪时罗马帝国在伊比利亚半岛设置的三个海外行省。

斯蒂利亚地方或阿拉贡地方,扑入眼帘的满是大自然那种不毛景象以及红褐色的赤砂岩和灰色的石灰岩,令人有一种痛切的感觉,仿佛不是身在欧洲而是来到一个完全陌生的地方。

这也就是同为加泰罗尼亚人的美术史大师欧亨尼奥·多尔斯①说出下面这段话的原因:"从某个意义上说,欧洲在这里看见了与非洲的边界……一方面注视着罗马,注视着欧洲;另一方面注视着非洲,注视着那广袤的沙漠。"

然而,就加泰罗尼亚地方而言,它与法国南部的普罗旺斯地区并无明显差异,相反倒有不少共通之处。语言方面,加泰罗尼亚语同法国南部的朗格多克语、普罗旺斯语几乎相同,朗格多克(Languedoc)既是法国的一个地名,也是一种方言的称呼,意思是"奥克(d'oc)地区的语言"。大提琴演奏名家巴勃罗·卡萨尔斯②从佛朗哥独裁统治开始便流亡他乡,一直到客死,长年居住在比利牛斯山脉中法国一侧的普拉德小村(晚年去世于波多黎各),可见在语言上完全没有任何障碍,因为加泰罗尼亚语在法国南方也可以通用,甚至可以说加泰罗尼亚

---

① 欧亨尼奥·多尔斯·里维拉(Eugenio d'Ors Rovira, 1881—1954):西班牙美术史学家、文化学者,著有《论巴洛克艺术》等。
② 巴勃罗·卡萨尔斯(Pablo Casals, 1876—1973):西班牙大提琴演奏家、指挥家及作曲家。

语才是当地人使用的主要语言。

19 世纪 40 年代,有个英国人理查德·福特真的是无所不至地走遍了整个西班牙——该不会是间谍吧——并写下了三卷本的皇皇巨著《西班牙旅行者手册》,其中就这样断言:"加泰罗尼亚不属于西班牙。"从历史上来看,作为巴塞罗那伯爵①领地的加泰罗尼亚,还包括了现在属于法国东比利牛斯省的佩皮尼昂等城市所组成的鲁西昂大区,1659 年签订的《比利牛斯和约》才将两国的国境西移至比利牛斯山脉中间。因此,假如逢传统节日的时候去到佩皮尼昂的那些村镇,会发现黄底加四道血红色横杠的加泰罗尼亚旗帜林立,而零零星星的法国三色旗夹在中间倒是显得灰头土脸,看到这样光景的人一定会觉得诧异吧。数年前,佩皮尼昂的市议会甚至无视法西两国国境,宣称整个加泰罗尼亚地方的首府是巴塞罗那,结果招致巴黎方面的物议。

佛朗哥独裁统治期间,西班牙有个名叫加泰罗尼亚自治评议会的组织,却一直设在法国的佩皮尼昂。

这条国境线,从法国一侧来说是向前推进,而从西班牙一

---

① 巴塞罗那伯爵(comtes de Barcelona):欧洲历史上的一个封号,是统治巴塞罗那城及周边地区的领主的称号。从十二世纪中叶起,这一头衔为阿拉贡历代国王所拥有。

侧来说则是后退。对于整个加泰罗尼亚地区来说，这似乎并不是一件幸事。也许与之并无直接的关联，但从结果来看，挨近西法旧国境两侧的许多古城堡和要塞都荒废或崩塌了，只有卡尔卡松①等可数的几座要塞城市得到较为完善的修缮，至于濒临海汉的萨尔塞斯堡②，则不得不将它从砂土中抢救出来。

法国和西班牙两国对这一地区都采取了非同一般的治理手段。以法国而言，权力集中于巴黎，在日本似乎有个说法叫"三分自治权在地方"，法国则几乎只赋予地方十分之一的自治权利，以至现在的密特朗总统及其内阁还专门设了一名负责"去中央集权化"的阁僚。在这个地区，变更一条道路的路名、架设一座桥梁，都必须同巴黎协商后才能实施，而且这个协商过程往往一拖就是三四年。佩皮尼昂市议会关于首府在巴塞罗那的宣告，应该也是对这种只享有十分之一自治权的一种抗争吧。然而有意思的是——这样说会不会引起误解？——社会主义政权新设去中央集权化的阁僚，且是让一

---

① 建于中世纪的要塞城市，现为法国奥德省首府。其同名城堡卡尔卡松堡是欧洲现存最大、保存最完好的古城堡。
② 位于法国东北部比利牛斯省，始建于十五世纪，历史上曾作为法国和加泰罗尼亚自治区之间的一座战略要塞。

名共产党出身的人士担任,从某种意义上说,即使不能称之为革命性的举措,至少也颇为幽默,因为社会主义、共产主义,一般总是强调中央集权的。看来不变革是行不通的了。

而在西班牙方面,加泰罗尼亚除了共和倾向外,还怀有强烈的地中海倾向,对于内陆地区向来是冷眼相向,历史上一直享有相当程度的自治权利。但由于在十八世纪的王位继承战争①中站在后来战败的一方,因此被剥夺了自治权。1932年第二共和国时期,加泰罗尼亚重新取得自治权,可是不承想1939年佛朗哥独裁政权建立后,自治权又再次被剥夺,这种状况直到1977年秋天方才改变。

剥夺自治权还波及他们的固有语言,就是说,加泰罗尼亚人被禁止在正式场合使用自己的语言,而必须使用卡斯蒂利亚语。我虽然不懂加泰罗尼亚语,不过值得一提的是,20世纪60年代我担任日本笔会的理事期间,国际笔会巴塞罗那中心曾经多次致信国际笔会各中心,吁请各国承认加泰罗尼亚语的独立性。每逢国际笔会召开会议,巴塞罗那中心便

①　指1701至1714年的西班牙王位继承战争。因西班牙哈布斯堡王朝绝嗣,王位空缺,法国波旁王朝与奥地利哈布斯堡王朝为争夺西班牙王位爆发了一场战争。当时欧洲的大部分国家都被卷入其中,最终法国波旁王室的腓力五世取得西班牙王位。

提出上述动议,让会议主办国头痛不已,因为西班牙的官方语言是卡斯蒂利亚语,同样来自西班牙的马德里中心每次当然都是激烈反对。

1939年,佛朗哥的军队打败加泰罗尼亚共和军。作为一种报复,佛朗哥全面禁止了加泰罗尼亚语,教育、广播、出版、戏剧、电影、电视等统统必须使用卡斯蒂利亚语。直至1963年,加泰罗尼亚语才被许可仅限于学术出版使用——用卡斯蒂利亚语来研究加泰罗尼亚语显然是做不到的。

不过我在这里还是要提醒,被迫同时使用卡斯蒂利亚语和加泰罗尼亚语的人们的精神状态,绝对超乎我们的想象。

而说到自治权这个问题,这里的自治并非像日本所说的县、市、町、村等各级地方行政体所拥有的自治权利,而是普泛至语言、社会、文化、政治、经济等各个方面的特定主权。因而从这一点来看,除了外交、国防以及关乎国家公共安全的权限以外,加泰罗尼亚几乎相当于一个准独立国家。也就是说,仿佛在西班牙这个国家内部还存在着一个加泰罗尼亚国。对于我们这些完全没有过这样体验的人而言,这又是需要弄明白的一点。我并不是什么政治学者,虽然这个问题给加泰罗尼亚当地带来不小的麻烦,但是我只想在此提一句,在欧洲一隅存在着这样的情况。

正因为如此，当我们接下来列举一下这个地域面积差不多相当于日本的关东平原、人口则略少于神奈川县仅为600万左右的蕞尔小"国"涌现出的那么多大艺术家的名字时，很自然地会试图去理解他们的语言。因为你若是想将那些作家、诗人、历史学家等剔除掉的话，这种企图势必会落空。

（顺便插一句：瑞士、比利时、爱尔兰等国的面积差不多与加泰罗尼亚相当。）

这个小"国"可谓艺术家辈出，着实令人惊叹不已。先来看看音乐家——

加泰罗尼亚怎么能跟安达卢西亚比呢？也许有人会这样想，但事实上，加泰罗尼亚在西班牙古典吉他音乐史上的重要性足以让人产生一种错觉，以为这种音乐就是发源自不以吉他为主要乐器的加泰罗尼亚。古典吉他作曲家索尔和塔雷加①是其中的代表，缺了这两个人，西班牙古典吉他音乐或许也就不存在了。此外，奠立了西班牙民族主义乐派的伊萨克·阿尔贝尼兹②出生于比利牛斯山中的谷地，说到他，其创作的

---

① 费尔南多·索尔(Fernando Sor, 1778—1839)：西班牙作曲家、吉他演奏家；弗朗西斯科·塔雷加-伊克西亚(Francisco Tarrega-Eixea, 1852—1909)：西班牙吉他演奏家、作曲家，被誉为"近代吉他音乐之父"。

② 伊萨克·阿尔贝尼兹(Isaac Albéniz, 1860—1909)：西班牙作曲家、钢琴演奏家，被誉为"西班牙近代民族主义乐派的旗手"。

《西班牙组曲》和钢琴组曲《伊比利亚》应该是无人不晓的。此外，创作《西班牙舞曲集》的恩里克·格拉纳多斯①出生于莱里达，还有小提琴演奏家——我向来不喜欢"鬼才"这一类的词，但此人却真的当得起"鬼才"这个称呼——萨拉萨蒂②，他演奏的《吉卜赛之歌》绝对称得上是"前无古人，后无来者"。

这里必须说一说帕布罗·卡萨尔斯。或许说得夸张了点，假如没有卡萨尔斯，巴赫的《无伴奏大提琴组曲》极有可能被埋没。卡萨尔斯对巴赫这部组曲总谱的发现，其影响已经超出了加泰罗尼亚这个地区，它对欧洲或者说对整个泛欧地区，都是一个极其重大的贡献。

但与此同时，卡萨尔斯又是个坚定的加泰罗尼亚主义者，除了音乐家这个身份之外，他也是一个有强烈政治倾向性的人，一生都在追求成为一个人格完善的人。他与毕加索一样，坚决反对佛朗哥的法西斯独裁统治，在佛朗哥统治期间，始终不愿从流亡地返回西班牙。

通过举办公演而在全欧洲赢得声誉后，他回到巴塞罗那，

---

① 恩里克·格拉纳多斯（Enrique Granados, 1867—1916）：西班牙作曲家、钢琴演奏家。
② 帕布罗·德·萨拉萨蒂（Pablo de Sarasate, 1844—1908）：西班牙小提琴演奏家、作曲家。

但他不仅周旋于当地富商、大资本家的圈子,而且自组了一支乐队,在工会组织的支持下,将劳动者、无业者、移民等下层民众凝聚在一起,形成一种用今天的话来说可以称之为"劳动者音乐协会"的团体,成为劳动者音乐的先驱。只要是对共和国有利的,他们全都做。年轻时的卡萨尔斯,就曾经毫不隐瞒地对当时的西班牙国王阿方索十三世说过,自己是共和主义者。这似乎可以充分反映出他的率真性格。流亡法国后,为了援助被送入强制收容所的西班牙流亡者,他跑遍了欧洲甚至美国去寻求帮助;当冷战开始后欧美竭力拉拢扶持佛朗哥政权时,他拒绝了一切公演活动;而为了支持反对核试验、核武器的运动,不管是肯尼迪总统、尼克松总统还是联合国,但凡可以用得上的力量他都会尝试去呼吁。

他的种种事迹中,最令笔者感动的是这样一件事:卡萨尔斯曾经与蒂博、科尔托组成过一个三人组合①——如今再也不可能期待出现这样优秀的组合了,组合中的科尔托在德军占领期间曾倚附德军与之合作。战后,失意潦倒的科尔托找到

---

① 该组合名为"卡萨尔斯三重奏",于 1930 年成立,1935 年解散,是当时世界上最优秀的室内乐演奏组合。其成员包括卡萨尔斯、雅克·蒂博(Jacques Thibaud,1880—1953,法国小提琴演奏家)、阿尔弗雷德·丹尼斯·科尔托(Alfred Denis Cortot,1877—1962,法国钢琴演奏家、指挥家)。

流亡中的卡萨尔斯,对他说自己的确投靠了纳粹,现在真心为此而感到羞耻,特意来向他恳求宽恕……卡萨尔斯答道:"你能如实地向我坦白,我很高兴,所以,我原谅你了。我们握个手吧!"

这就是艺术家,也可以称之为"艺术乞丐"之间的友情。在卡萨尔斯身上,既有周旋于国王、贵族、富商以及实业家之间的艺术乞丐的一面,更有着作为一名艺术家和一个人格完善的人为全人类而奉献的那种精神。而在毕加索、乔安·米罗①身上,可以说也不同程度地体现着这样的精神。

西班牙为欧洲的艺术家提供了许多创作素材。唐璜的传说启发莫扎特和莫里哀创作出艺术上的不朽经典,而影响遍及全世界、引起不小误解的《卡门》《塞维利亚的理发师》的原型也出自这里。欧洲的作曲家从西班牙汲取了众多创作灵感,拉洛、拉威尔、德彪西②等等,举不胜举,甚至远至东

---

① 乔安·米罗(Joan Miró, 1893—1983):西班牙画家、雕塑家、版画家、陶艺家,超现实主义艺术的代表人物之一,代表作有《哈里尼的狂欢》等。

② 爱德华·拉洛(Edouard Lalo, 1823—1892):法国作曲家;莫里斯·拉威尔(Maurice Ravel, 1875—1937):法国作曲家;阿希尔-克劳德·德彪西(Achille-Claude Debussy, 1862—1918):法国作曲家、音乐评论家,十九世纪末二十世纪初最重要的作曲家之一,对印象主义音乐产生了很大的影响,代表作有《大海》《牧神午后前奏曲》等。

边的穆索尔斯基①也创作有交响音画《荒山之夜》。在这里，我将阿尔贝尼兹、格拉纳多斯等加泰罗尼亚作曲家在欧洲音乐上的位置定位于更接近巴黎，可以说他们是从巴黎的角度"发现"西班牙，而这一特征本身就诠释了加泰罗尼亚这个地方的独特性。

我想，这大概便是可以称之为"接点"的属性吧。维也纳之所以音乐家辈出，除了它地处斯拉夫文化与欧洲文化的接点以外，找不出其他的理由。

至于美术方面，更是无须赘言了。毕加索出生于马拉加②，因此就出身而言他不算加泰罗尼亚人，但是画家的少年时代也就是形成自我认同意识的这个时期却是在巴塞罗那度过的。至于讲到乔安·米罗、塔皮埃斯、克拉维③等人，加泰罗尼亚人自豪地说现代美术是诞生于加泰罗尼亚的，对此我只能默默地点头称是。翻越国境，法国一侧的加泰罗尼亚人中

---

① 穆捷斯特·彼得洛维奇·穆索尔斯基(Modest Petrovitch Mussorgsky，1839—1881)：俄国作曲家、俄罗斯民族乐派"强力集团"的一员。其代表作品《荒山之夜》的灵感来自欧洲古老的魔女集会传说而非来自西班牙，此处作者的记述可能有误。

② 西班牙安达卢西亚自治区马拉加省的首府。

③ 安东尼·塔皮埃斯(Antoni Tapies，1923—2012)：西班牙现代画家，"非定型主义"艺术的先驱；安东尼·克拉维(Antoni Clavé，1913—2005)：西班牙版画家、雕塑家、舞台设计师和服装设计师。

则有马约尔、杜菲、费诺萨①等杰出美术家。但当当地人将保罗·瓦莱里②也作为加泰罗尼亚人列举出来时，我忍不住打断道：这个好像错了吧？建筑家有高迪——这是无可置疑的；美术史家、巴洛克艺术的权威则数欧亨尼奥·多尔斯；对了，萨尔瓦多·达利也是不可遗漏的。

毕加索去世之后，在现代美术领域可以说即由加泰罗尼亚人担负起了历史的重任。

对于想略观加泰罗尼亚风土的人，我建议可以先找来乔安·米罗创作于1921年的《农园》的复制品欣赏，很多书上都会印上并介绍这幅画的。另外，还可以看看他较早的作品《加泰罗尼亚风景》，自然也是找复制品欣赏。

人类追求自我认同的过程，在某种程度上可以说，与性爱有些相似，即多少带有一点暴力性，这是无法仅仅用理性来加以解释的。并且，自我认同和自我最终仍须回归至某个原点，所以说单单形成自我认同还是无法解决"我"究竟是谁、我要成为什么样的人这些问题。

---

① 阿里斯蒂德·马约尔（Aristide Maillol, 1861—1944）：法国画家、雕塑家；劳尔·杜菲（Raoul Dufy, 1877—1953）：法国野兽派画家；阿佩尔·勒·费诺萨（Apel·les Fenosa, 1899—1988）：法国现代雕塑家。

② 保罗·瓦莱里（Paul Valery, 1871—1945）：法国著名象征派诗人、法兰西学院院士，代表作有《海滨墓园》等。

　　生活在加泰罗尼亚地区时,我偶尔同当地的历史学家等闲聊,我发现他们作为学者所追求的自我认同无非上溯至中世纪、至多到中世纪为止,而似乎不再往前追溯。

　　对此我十分能够理解。因为对于这些历史学家们而言,自中世纪往前追溯至伊比利亚人、腓尼基人、古希腊人、古罗马人、迦太基人、西哥特人、法兰克人、阿拉伯人、犹太人……占据时期的话,哪里还有什么自我认同,相反只有"自我不认同"了,这就变成一个十分棘手、无解的难题了。反正我是不相信文化、文明有什么单一的、纯粹的东西。

　　不过,就像有句话说的:既如此,竟何如。但也因为这样,在追求自我同一性的时候,似乎会不时伴随着对他人的暴力,因为高迪们追求的是罗马帝国的加泰罗尼亚。

　　加泰罗尼亚曾经有过不宽容的时代,以纠举问罪异端为象征的时代。但是纯血统主义及不宽容并没有在这片土地上得到滋蔓,这是因为加泰罗尼亚本身就有着极为复杂的混血性。

　　星期天的早晨,我站在巴塞罗那大教堂前的广场上,置身于塔拉科时代的古罗马遗迹以及佩内德斯①香槟酒酿造厂的

---

① 加泰罗尼亚最重要的葡萄酒产区。当地以法式香槟酒生产工艺生产的起泡酒曾与法国香槟酒展开旷日持久的争名之战,最终佩内德斯起泡酒改称"卡瓦酒"。

环绕之中,欣赏着人们围成一个个圆圈,开始跳起被称为萨达纳舞①的独具风格的加泰罗尼亚舞蹈,我不由得想,这就是他们弘扬民族之魂的一种方式吧。

人们不论男女,将随身物品——提包、口袋里装的物件以及上衣等——堆放在圆圈中央,在欢快单纯的音乐伴奏下,默默地跳着看似动作极其简单的舞蹈。可是除了他们,旁人却模仿不来这种舞蹈。他们不停地跳。

加泰罗尼亚这个地区,我后面还会写到它的。

---

① 盛行于西班牙加泰罗尼亚地方的一种集体舞,具有浓郁的民俗气息。

第六章　安道尔

在巴塞罗那的一间旧货铺,我发现一本奇妙的小册子,文字是法文,有着相当长的一串标题,在此仅将其中大写字母印出的标题抄录下来,内容如下:

CONFERÉNCE QUATRE PETITIS ETATS d'EUROPE

大意是:《欧洲四小国会议手册》。

参加会议的四小国即安道尔、列支敦士登、圣马力诺、摩纳哥。会议于 1959 年 10 月 22 日至 23 日共举办两天,在列支敦士登的瓦杜兹市召开。换言之,这可以称作四国之间的一次峰会。

即使在珍奇事物繁多的欧洲,这也算得上一件很珍奇的东西了。它和伊特鲁利亚①的无釉赤陶土人偶、人称“沙漠之

① 又称埃特鲁利亚、伊楚利亚。是位于今意大利中部的古代城邦国家,其范围包括今托斯卡纳和翁布里亚的部分地区,被认为是由古代伊特鲁斯坎人所建立,后被罗马人吞并。考古发掘发现的公元前八世纪左右的精美青铜器以及建筑等被统称为伊特鲁利亚艺术。

花"的撒哈拉沙漠的一种砂石结晶、我实在形容不好的镶有汉字图案的螺钿雕漆屏风等东西放在一起,上面蒙着厚厚一层尘埃。

峰会是在 1959 年召开的,这份东西估计是出席会议的安道尔方面的某个要人所持有的。手册中有与会四国的各种相关统计数据,其中关于安道尔的数据旁边有手写的追加旁注,数据被更新至 1977 年。

"欧洲四小国峰会"——这确实就是像古董一般的历史事件,当它终于成为历史之后,被放置于历史旧货店或古董铺里,大概是再合适不过了吧。

不过我还是饶有兴致地翻阅起来。看完后,我不由得深吸了一口气,这或许与我自少年时代起就坚信不疑的固有观念有关——人类,是多么固执于"国家"这个概念啊。看一看这份会议手册就会发现,从对等的外交礼仪、席次安排到晚餐会上各国首脑的致辞等方面看,它与不久前在加拿大召开的西方发达国家七国首脑峰会几乎没有任何两样。

两个会议都极为正式、精心筹备。当然,在紧张的气氛中也夹杂着些许轻松的瞬间。然而,越是正式且精心筹备的事件,有时候反而越加显得滑稽和古怪,在这一点上,欧洲四小国与西方发达七国都无法幸免,两者之间毫无二致,都是人类喜欢玩的一种把戏。

这四国中，列支敦士登和摩纳哥在日语中的正式国名都含有"公国"二字，列支敦士登的全称是"列支敦士登公国"，摩纳哥的全称是"摩纳哥公国"；圣马力诺的全称则是"圣马力诺共和国"，表明其政体是共和制；唯有安道尔的名称就是简简单单的"安道尔"，从国名中完全看不出国家的政权组织形式。

日本也一样，比方说日本的护照封面上只有"日本国"二字，既不是日本帝国，也不是日本王国，也不是日本共和国，就只是日本国。从这一点，也就是不表明国家制度这一点上讲，日本和安道尔如出一辙。安道尔发放的护照上面也只印着ANDORRA几个字母，没有表明国家的政治制度。

这四个国家之中，安道尔我曾经两次前往，从某种意义上说我对它有种亲切感，我也曾去拥有最著名的海洋博物馆的摩纳哥旅游过，其他两个国家则迄今还没有机会造访。

似乎还没有人问过我：日本至今还保留着天皇制，为什么不称为日本帝国呢？因此也无须解释。不过，对于安道尔却似有必要解释一番。假如试图用一句话来说，是很难解释清楚的。其实是这样：这个国家真正的国名——这样说本身有点滑稽——正式国名是"共同公国安道尔中立谷地"①。一般情况下,例如在汽车车牌上常常略去"共同"这个前缀,简称为"安道尔公国"。

但是,在日语中是没有这样的说法的。究竟怎么译才妥切?要不要按照日本式的说法译为"共同大名②国"?

比方说加泰罗尼亚地区,长期以来被人们称为"巴塞罗那伯爵领地",讲起来伯爵领地还是能理解的,但"共同大公"是个什么玩意儿,恐怕人们就要被搞糊涂了吧,即使是欧洲人对此肯定也摸不着头脑。故此,便舍繁就简称呼其为"安道尔"了。

为什么会如此复杂呢,说起来话长。简明扼要来说的话就是,中世纪以来,这个地区逐渐形成了这样的习惯:在行政事务上属于法国一侧的富瓦伯爵的管辖领地,而在宗教事务方面则属于西班牙一侧的塞奥-德乌赫尔教区所管辖的领地。而随着路易王朝统一法国,富瓦的政治主权自然而然被收归巴黎即中央所有。后来双方达成了一项国家之间的协约:由

---

① 加泰罗尼亚语为 CO‑PRINCIPAT DE LAS VALLS NEUTRAS DE ANDORRA。

② 大名的原意为占有许多名田(名田制是日本中世纪庄园制下具有地主性质的一种私田所有制)的名主,后来一般指战国时代以降拥有领国并对领内诸般事务进行独立的统一治理的藩侯。

法国统治者与德乌赫尔教区的主教每年进行轮换,轮流担任安道尔国家元首。目前担任元首的是法国总统密特朗。

比利牛斯山脉中的区区一个乡村主教,与法国总统完全不在同一个等级不是吗?——安道尔人以外的别国人士或许会这样想,但是安道尔人不这样觉得,自然也就不存在什么问题。

世界上居然有这样奇特的国家。

安道尔的官方用语是加泰罗尼亚语,法语和西班牙语则作为补充语言通用于日常生活,这就是说,安道尔是"四小国"中唯一一个拥有自己的固有语言的国家。顺便说一下,列支敦士登的官方语言是德语,圣马力诺的官方语言是意大利语,摩纳哥的官方语言是法语。货币方面,西班牙比塞塔和法国法郎在安道尔都可以通用。安道尔的人口约27500人①。

但是这约27500人中,拥有安道尔国籍的人口可能还不到一半。我手头只有一份1963年的按国籍列示的人口统计表,根据这份统计表,安道尔籍的人口为3765人,西班牙籍的为7063人,法国籍的为507人,其他国籍的人口合计104人。当年的人口总数是11439人。

---

① 该数字为1977年统计数据。

　　从以上人口分布可以看出，法国人只占了极少数，西班牙人则是绝对的多数，较安道尔人多出近一倍。这个事实本身似乎即揭示出，历史上或者说地理上，安道尔与法国一侧的交往十分不便。从西班牙一侧，经瓦利拉河谷前往安道尔的路途还算好走，而法国那边则必须翻越又高又险的山峰——两国国境的垭口海拔将近2000米，翻越非常不便，据说以前主要是山贼和走私者才从这儿经过。

　　加之历史上安道尔对于修筑道路可以说是十分消极，因为只要道路畅通就意味着会有军队进攻过来！因此这里有个老规矩：道路只要骡马能通行就行，不可以再宽。对于夹在法国和西班牙两个好战大国之间的这个小国而言，只能在比利牛斯山脉中孤独地追求其自由、独立和中立。由于国土太过狭小而且零星，无法从事农业以及畜牧业的人们只得下山前往法国或西班牙干活儿挣钱。

　　在安道尔和塞奥-德乌赫尔之间终于建成汽车可以通行的道路，那已经是1931年以后的事了，而与法国之间的道路开通则要等到1933年。如今，法国一侧的道路修筑得非常漂亮，而西班牙一侧则由于后面提到的原因而对于修筑道路并不十分上心。

　　这种独立倾向，在架设电信电话的时候引起过一个又一个麻烦。1893 年的某一天，法国一侧突然架设起了早已准备好的电杆，自此开通了电信服务业务。不过当时法国的做法令人很无语，法国一侧的电报电话服务只限于来自安道尔的申请，并且信号不接通西班牙一侧。

西班牙一侧的电报电话服务也出现过麻烦。当德乌赫尔主教同马德里方面协商，打算开通电信服务时，马德里方面的回应却是："主教不是安道尔的唯一首脑，因此若是同意主教单方面的决定，将会损害到法国一侧的诸项权利，双方首脑的诸项权利是不可分的。"结果西班牙的电信服务可以从全世界接入安道尔、从安道尔接往全世界，但安道尔与法国之间却不行。举个例子说，假如从法国打电话到安道尔，必须先打到马德里，然后再转接才能接通安道尔。

这种奇妙的事态一直持续到 20 世纪 70 年代。现在，安道尔已经开通了本国的电信服务业务。

顺便说一下，安道尔的国际区号是 9738。

还有一件奇妙的事情，那就是邮政，法国和西班牙都将与安道尔之间的通邮业务视为国内邮政业务，但安道尔发行的邮票只能在安道尔境内使用。这也是令安道尔的议会——它的名字叫作"谷地委员会"——十分恼怒的一件事，因为世界上小国发行的邮票往往极具人气。

换句话说，从安道尔寄信往法国时，必须贴上法国邮票，而寄往西班牙时又必须贴上西班牙邮票，寄往法国和西班牙以外的世界上任何地方，则贴法国或者西班牙的邮票都可以。

我们再回到"共同大公"或叫"共同大名"上面来。作为共同大公或共同大名享有的权利之一，法国总统每两年可以领取一次报酬，计960法郎，德乌赫尔主教则可以领取450比塞塔，按照现今的汇率，前者大约相当于160美元，后者约为4.5美元。后者之所以相比之下如此之少，是因为其还可以以教区主教的身份，每年获得相当于4685比塞塔的小麦作为赠礼，圣诞节还可获得12只鸡、12只野鸟、12头牝羊所产的乳酪和6条生火腿肉。

法国已故总统戴高乐曾经以共同大公之一的名义，于1967年10月23日访问安道尔，并领取了960法郎报酬。这一天，安道尔盛况空前，安道尔还为此发行了3种纪念邮票。

戴高乐总统非常一本正经地接受了那960法郎的报酬。而自那以后，支付给法国总统的那一份报酬（加泰罗尼亚语称之为quistia），改由谷地委员会的代表拜访位于巴黎爱丽舍宫的总统官邸，经过一连串想必十分正式而烦琐的礼仪和致辞之后才当面交付，这一形式现在被固定了下来。

法国总统和德乌赫尔主教，被允许共同拥有盖有 NO.1 编号的安道尔护照。也就是说,法国总统拥有双重国籍。

安道尔没有自己的军队。不过与瑞士同样,为了防备紧急事态,该国规定男子或者每个家庭中至少一人有义务在家中常备一支枪和一些子弹。然而,我曾经问过安道尔人,却似乎没有一个人知道居然还有这样的规定。安道尔有警察。此外,每年夏天和冬天的登山和滑雪季节,游客增多,安道尔会从法国和西班牙巴塞罗那临时邀请一些警察前来帮助维持交通,当然这也是一年一轮换的。

然而,通过前文的那份"四小国峰会"手册却可以看到,安道尔的代表曾经先后两次向法国和西班牙抗议双方的特别警察着便服常驻安道尔。由此可见,安道尔对于这一现象十分不满。但从法国和西班牙的立场来看,同本国国内犯罪行为有关的嫌疑人若是逃至安道尔,则会令他们很头痛,这个理由似乎是说得过去的。

安道尔没有国营电视台,但可以很方便地收看西班牙的电视节目。我第二次访游安道尔的那天,恰值英国查尔斯王子与戴安娜王妃成婚,所有人都通过西班牙电视台的直播观看了那场盛况。安道尔境内有两个广播电台,一个是用加泰罗尼亚语播出的安道尔电台,还有一个是注册于法国的南部广播。

我回想起战争年代我服务于日本海军司令部欧洲战争军事情报临时调查研究部(一个有着超长名字的机构)的时候,奉命将伦敦的英国广播公司(BBC)的广播以及里斯本和安道尔的法语广播的内容翻译成日语的往事。安道尔广播播放的新闻是转自 BBC 的,它给了当时德军占领下的法国莫大的激励。那都已经是三十七八年前的旧事了,大概从那时候起,我心里便已经深深植下了对安道尔的亲切感。

我始终心头浮着微笑,写下这些琐碎的文字。

对一个国家,至今仍能够以微笑的态度来描述它,这样的国家,除了安道尔还会有哪个呢?

微笑。经久不逝的微笑。

前往安道尔,从西班牙一侧的巴塞罗那坐车大约 4 小时,距离是 228 公里;从莱里达出发是 151 公里。从法国一侧的佩皮尼昂出发是 169 公里,从图卢兹是 187 公里,从巴黎则为 852 公里。

从巴塞罗那以纵贯加泰罗尼亚的形式北上,直插比利牛斯山脉的腹部,一路上地质地貌渐次变化,会看到越来越多的花岗岩与板岩,而随着脚下逐渐遍布板岩,十世纪至十三世纪期间建立的古罗马式小型教堂也会时不时跃入眼帘。这些教堂大多拥有一座三四层楼高的钟楼,后殿的外部呈半圆形,屋檐也同样是半圆形的,这种半圆形据说象征着宇宙。教徒聚会的大厅则是长方形,天与地相连的侧壁则多装饰有古罗马式的壁画。但由于保存难度相当大,其中杰出的作品多已转移至巴塞罗那的加泰罗尼亚美术馆。

棱磴的褶曲之间,只有少得可怜的一点平地,居住其间的人们多以放牧羊和山羊为主要生计,间或也种植一些烟叶。冬季积雪很深,交通十分不便,这种时候村子与村子、部落与部落之间便以教堂的钟声来传递讯息。

走入陡直深险、流水峻急的溪谷,随处都能看到古罗马时代遗留下来的石桥。习惯成自然真的十分可怕,看着建于一千五百到两千年前的石桥,已经无法激起这里人们的任何思绪了。尽管如此,罗马人对于土木工事的热爱劲头不得不令人感佩,有些看上去徒涉完全不成问题的小河上,也堆垒起石头架起一座座鼓形的石桥,不由得让人叹服他们似乎见到河便有一种架桥的冲动。

然而,西班牙一侧则不仅两旁峭壁险峻,道路也糟糕。即使还说不上道路满是坑洼——有些坑洼已被填补好了,但他们似乎从来不会想着拓宽一下道路或是新建一条道路,而且也给不出像样的理由。这种情形就好像在告诫人们：不要往安道尔那边去。让人产生这样的误解也是没有办法的。

在西班牙小镇塞奥–德乌赫尔，有一座建于十二世纪的大教堂，虽然是位于加泰罗尼亚地区一个历史小镇，教堂的整个建筑风格却是典型的罗马式，显得有些异样。这里就是安道尔的主权者、"共同大公"之一德乌赫尔主教的官邸，也就是那位与罗马教皇一道，成为基督教世界仅有的两位拥有世俗权力的主教的役事之所。塞奥–德乌赫尔也被人们称为国境门户，但出乎意料的是，它并没有想象中的那种喧闹，相反倒给人一种凋微、缺乏生气的感觉。这当然是有原因的。

从塞奥–德乌赫尔镇沿瓦利拉河至西班牙和安道尔的国境约有 20 公里，国境上虽然设有海关关卡，可谁也不去关注前往安道尔的车辆，甚至没有人上前提示要出示护照。

但是，从安道尔离境的西班牙号牌的车辆却有时被抽查。自然这也是有原因的。

国境的安道尔一侧虽说有海关模样的建筑，但里面并无海关关员，也没有警察，可以说空无一人。换句话说，任何人都可以在边境官员毫无察觉的情况下通过国境。这里的海拔超过 1000 米。

进入安道尔国境，停下车，不时可以看到一些西班牙人的奇妙举动：他们将大瓶的苏格兰威士忌瓶里的酒倒入装运汽油的塑料容器。

我前面讲过"这是有其理由的"，从威士忌"狸猫换太子"般的转手举动中，应该可以看出来一点端倪了吧。

沿着瓦利拉河上行，可以看到另一座同样建于罗马时代、拥有四层楼高的钟楼的教堂。朴素的教堂好像在表达着一种素朴的信仰，但是走过教堂，信仰似乎就被抛开了，完全是另一种喧闹的景象。

这座教堂所在的圣科洛马村一带，山谷变得少许旷阔了些，眼前瓦利拉河两岸的景象也一下子变得让人难以用语言形容。这个村子再往前去便是首都安道尔城，但是村子和中心城市的分界已经消逝于无形中，道路两旁满是商店以及饮食店，大概有数百家。借用同行的岛画伯①的话来说，简直就是：

"假如安道尔和御徒町或者秋叶原结成姐妹城市那就太好了！"

在这里，日本产的收音机、电视机、照相机等极为畅销，还有日本产的汽车以及电子计算器、电子玩具等。此外，美国香

---

① 此处应指画家岛真一。他于1971至1985年旅居西班牙，对西班牙现代美术及阿尔塔米拉洞窟壁画进行了深入研究。

烟、苏格兰威士忌、宝石、贵金属、手表、法国葡萄酒和香槟、法
国德国瑞士荷兰丹麦等国的奶酪和黄油、美国品牌的牛仔裤、
欧洲服装设计师设计的各式各样的服饰、衣料、香水、罐头及
各类食品,还有巴黎馥颂甜品店①出产的鱼子酱等高级食材也
颇受欢迎。走进超市,从中国食品到图案奇妙的浴衣应有尽
有,也有波斯地毯等高级家装用品……我特意转了一圈,专门
浏览日本出产的电器产品,还真不少——电驱蚊器、电磨刀
器、可以插电使用的葡萄酒开瓶器、便携式变压器、其他各种
各样的便携式小电器,还有我在日本从来没有见过的类似"柏
青哥"②一样的电子玩意儿。我想找找看有没有电饼铛,可是
没找到。不过,如此盛大的场面已经足够令人感到震撼了。

安道尔城被瓦利拉河的一条支流分成两半,而这条河流
在这个国家似乎还兼具着分界线的作用。河流以南,商品大
都使用西班牙比塞塔标价;而河的北边则大都使用法国法郎
标价,并且人们的交流也是法语使用得更多。当然,这里的人
们可以自由地使用加泰罗尼亚语、卡斯蒂利亚语(也就是西班
牙语)和法语三种语言。

---

① 馥颂(Fauchon)又译馥香,创立于1886年,为巴黎最古老的甜品店之一,现
已成为法国奢华食品的代名词。
② 一种具有赌博性质的弹珠游戏机。

所有商品的价格,除了生鲜食品,均只相当于巴塞罗那和佩皮尼昂的一半,甚至更低至约三分之一,比机场的免税商店还要便宜很多。即使是西班牙产的香烟,在这里的价格也只有当地的约三分之二;苏格兰威士忌以及美国产的香烟等,价格只有巴塞罗那的三分之一左右。

这就是西班牙人将大瓶苏格兰威士忌倒入装汽油的塑料容器中的理由。

安道尔在二次大战之后获得了自由港的资格,结果是产生了革命性的巨大变化。

从因为担忧外来者的侵入而禁止境内道路改善的保守性格和以山羊乳酪、香烟为主要走私货物,到渐渐开始向西班牙和法国两国出售水电,如今变成一个超级市场,被誉为"比利牛斯山脉中的秋叶原"——疑似打着自由港的幌子演变成了走私天堂。

这可真是个了不起的变化。

看着从法国一侧乘坐巴士前来这里购物的游客,西班牙方面只能露出一副苦脸。

过了这片沿着河滩两旁铺展开来的商店街,前方是为滑雪者准备的酒店、酒店式公寓、别墅、度假村、餐馆、土特产商场等。堪与瑞士阿尔卑斯山脉比肩的比利牛斯山脉之中,设有无数的滑雪索道,一直延伸至海拔 2500 米的山顶附近,非常壮观。

我购买了一只意大利产的平底煎锅,从法国一侧下了山谷,准备去阿克斯莱泰尔姆泡一泡温泉。

途中,遇见一大群移动的山羊,一位年轻的神父正对着山羊祈祷,与它们道别。

第七章　在加泰罗尼亚(二)

每年的9月11日是"加泰罗尼亚日"。

从这天的前一两天起,人们总算进入休假期,陆陆续续返回,各个村镇都恢复了生气和喧闹,各家的窗口都装饰着黄底加四道血红色横杠的"国旗",有的人家甚至用旗帜将整个阳台包起来,极尽豪华之能。

加泰罗尼亚日(在加泰罗尼亚语中是 Diada de Catalunya),一见便可知,这是只有加泰罗尼亚地区才有的节日。这一天在加泰罗尼亚是法定假日,但是在西班牙其他地方则和休假一点边也沾不上。这种情况在西班牙并不罕见,例如每年五月份的"圣伊西德罗①日",在包括马德里在内的卡斯蒂利亚地

---

① 圣伊西德罗(San Isidro)是一位出生于西班牙马德里近郊的天主教圣徒,被尊为农民和马德里市的守护者。每年五月,在以其出生地为中心的地方都会举办盛大的纪念活动。

区是节日,换句话说,政府机关、银行等也统统休息;但是加泰罗尼亚则与此毫不相干,巴塞罗那的政府机构和银行都照常开张。类似情况,在享有自治权的巴斯克、加利西亚、安达卢西亚等地估计也都差不多,切切不能因为马德里正常营业便放心地以为别处也一样。

"明天是加泰罗尼亚日,你有什么感想?"

我试着向正在我现在住的公寓后面参与建造另一栋公寓的一个砖瓦匠询问,他答道:

"这和我没关系,我是安达卢西亚人。不过,能够休息倒是桩值得感谢的事。"

尽管是在加泰罗尼亚,但是来自加利西亚、安达卢西亚等经济落后地区的打工族为数不少,特别是在巴塞罗那,这样的人竟然占了当地人口的大部分。

说回到加泰罗尼亚日来。1980 年,加泰罗尼亚地方议会正式决定设立这个节日。之所以定在 9 月 11 日,是因为加泰罗尼亚于 1977 年的这天重新获得自治权,加泰罗尼亚自治政府首脑乔塞普·塔拉德拉斯①流亡四十年后重返巴塞罗那,曾经的流亡政府合法化成为正式的地方自治政府。为纪念这个

---

① 乔塞普·塔拉德拉斯(Josep Tarradellas,1899—1988):西班牙政治家,曾任加泰罗尼亚自治政府主席。

日子,便将节日定为了这一天。

那一年,塔拉德拉斯已经 77 岁了。

1939 年 1 月至 2 月,加泰罗尼亚地区共有共和国政府人员、军人和一般市民约 40 万人逃往法国避难,或曰流亡。在雪、冰、暴风肆虐之中翻越比利牛斯山脉是件可怕的事情,而进入法国一侧后,收容所的待遇又是那样凄惨,有的收容所甚至根本没有帐篷,人们只得挖洞穴居……

诗人马查多①在翻越国境后因哮喘发作死于科利乌尔小镇,想必当时根本找不到镇静剂一类的药物。

很快第二次世界大战爆发,流亡者们被迫参加各种各样的强制劳动,他们中有的被赶至前线挖掘战壕,有的则加入地下抵抗运动最终被德国法西斯杀害。留在西班牙国内的共和国派的人处境也好不到哪里去,除了被处刑、被投入监狱的人,其余的人和逃至法国的人几乎没什么两样,他们丢失了原先的工作,被迫从事修筑公路等繁重的体力劳动。

我并不想在此详细描述这些人数庞大的流亡者,但随着这个日子的临近,看到一对对老夫妇手举着加泰罗尼亚小旗走在街道上,不由得有所惊觉。

---

① 安东尼奥·马查多(Antonio Machado,1875—1939):西班牙诗人、著名文学流派"九八年一代"的主将,代表作有《卡斯蒂利亚原野》等。

流亡政府在国境另一侧的城市（佩皮尼昂）存续了近四十年，坚忍了如此漫长岁月的人们是种什么样的心情，我没有资格妄加推测；相隔四十年，流亡政府首脑得以重返故土，几乎每一寸加泰罗尼亚的土地上都飘扬着四道杠的血红色旗帜，民众又是一种什么样的心情，我只知道它一定超乎我的想象。

节日前一天的傍晚，我从一家糕饼店前经过，只见店前的露台上正在销售大小不一的加泰罗尼亚"国旗"形状的小蛋糕，以黄色奶油为底胚，上面点缀着四道红色奶油。路过的行人纷纷停下来购买蛋糕，然后匆匆赶回家。糕饼店前的墙上涂刷着一行文字：SOM UNA NACIÓ。这是用加泰罗尼亚文写的，而认得法文的人想必立即就明白，它就相当于法文中的Nous sommes une Nation，意思是"我们是一个国家"。我在这行字前伫立凝视了许久。"我们是一个国家"，这也就是在西班牙才存在的现象，一个国家内还存在着另一个"国家"，这究竟是怎么回事呢？

对于我们这些没有亲身体验的人来说，实在无法引发切实的感受。然而在这片土地上，这却是一种现实。

1640 年，加泰罗尼亚得到法国的支持，或者说指使、煽动，向马德里的哈布斯堡王朝展开了反抗。战争持续了十二年，莱里达、托尔托萨相继陷落。1652 年，巴塞罗那被围，困守了一年之久,最终还是失守。1659年,哈布斯堡王朝在波旁王朝的施压之下,同后者签订了《比利牛斯条约》,其结果是法国将西部国境延伸至比利牛斯山脉中线附近,从法国一侧来说是前进,从西班牙一侧来说则是后退了。随着条约签订,加泰罗尼亚丧失了比利牛斯山脉以东、现属法国的东比利牛斯地区(不过,在这些地区,每逢加泰罗尼亚人的民族节日,人们也依旧张挂血红色四道杠的加泰罗尼亚旗帜,法国的三色旗反而显得十分零星)。进入十八世纪,西班牙发生王位继承战争。1713年,波旁王朝成为西班牙的统治者,法国式的中央集权、绝对王政在西班牙登场,一切地方特权均不被认可。对此,加泰罗尼亚再次进行了抵抗。1713年7月,战争爆发;1714年9月,巴塞罗那再次被攻陷,拥有悠久历史的巴塞罗那大学被强令迁入深山,加泰罗尼亚语遭到国家政令的正式禁止,由此开启了加泰罗尼亚语遭禁的历史。进入十九世纪,拿破仑的军队占领加泰罗尼亚,赫罗纳的市民进行了猛烈的抵抗,经过长达7个月的闭城固守,终究还是被饥馑和疠疫击垮,城市失守。

有一点请牢记:这三次反抗以及抵抗,都与国际地缘政治有关,说白了,都和法国脱不了干系,真是冤家路窄。加泰罗尼亚单打独斗挑战马德里的事情一次也不曾有过。

到了西班牙第二共和国时期,加泰罗尼亚共和国的自治权终于得到承认,那是 1932 年。但是很快又爆发了西班牙内战,与前三次反抗和抵抗截然不同的是,这一次是法西斯主义和反法西斯主义之间的抗争。但从加泰罗尼亚这一方看来,尽管自身内部夹杂着共产主义者和无政府主义者的分裂与抗争,似乎还是从中看到了实现加泰罗尼亚自治、维持加泰罗尼亚共和国地位的一线曙光。

他们进行了顽强的抵抗,最终还是失败。又一次的失败。

这就是加泰罗尼亚人走过的四十年。

我特别喜欢读井上厦君的《吉里吉里人》,然而加泰罗尼亚不是吉里吉里国,它不是小说,而是极其现实的存在。小说中的吉里吉里国被日本政府视为"集团性疯狂",而卡斯蒂利亚的大多数民众,尤其是佛朗哥派的支持者们,也视加泰罗尼亚人为近似于"集团性疯狂"了。我有一次在马德里街头同两个加泰罗尼亚人一道乘坐出租车,在车上这两位沉浸于他们的对话中,操的当然是加泰罗尼亚语。突然,车子一个急刹车,出租车司机怒气冲冲地对他们喝道:"你们再说那种莫名其妙的西班牙语的话,就马上给我下车!"

9 月 11 日这天,我和朋友一同前往市中心。对于我来说,完全是出于看热闹的心态而已。穿过加泰罗尼亚广场北面的大马路是 10 万人游行的出发点,那里已经被黄底血红色四道杠的加泰罗尼亚"国旗"占满,看过去就像一片麦穗的海洋。然而令我感到震惊的是那句:

"我们是一个国家。"

这句话竟然不是涂鸦,而是加泰罗尼亚政府的正式宣言。在书写着这句口号的巨大横幅下,是浩浩荡荡的游行人群,每个人都手持着一面黄底血红色四道杠的长方形旗帜,走在游行队伍最前列的,是加泰罗尼亚议会的议员们。

"我们是一个国家。"

这句话究竟意味着什么? 我想试着向人们询问,但是在这样的场合这根本就不可能。四周的旗帜清一色全部是黄底血红色四道杠,黄底红色两道杠的西班牙国旗一面也看不见。

这让我想起 5 月 31 日的西班牙军队纪念日,今年在巴塞罗那还举行了盛大的游行活动。当时,观看游行的群众中稀稀落落地有一些手举黄底红色两道杠的西班牙国旗的市民,而那一天,胡安·卡洛斯国王一行也来到了现场。

这个军队纪念日的盛大游行——本来秘不示人的喷气式战斗机、最新式的坦克、潜水部队以及用于在比利牛斯山脉作战的滑雪部队等等全都出来亮相了——究竟是针对谁? 或者说,这些军队将可能用于何处? 我当时实在忍不住冒出这样的疑问,因为西班牙早已不再拥有殖民地了。显而易见,就如人群中稀稀落落挥舞的西班牙国旗所象征的,这场盛大的游行活动可以看作是西班牙中央政府方面的一次示威,它意在警告:尽管加泰罗尼亚、巴斯克、安达卢西亚、加利西亚等地方被认可享有相当的自治权利,但在这些地方之上,别忘记还有一个西班牙王国呢。

然而在这个节日——加泰罗尼亚日,却轮不到西班牙国旗登场。

游行由两辆警车先导,一般市民手举加泰罗尼亚旗紧随在议员们后面,再后面则是工会等团体。游行人数总计约10万。

对于这个总人口不过200万的城市而言,10万人的游行称得上非常盛大了。

所有人的身上可以说必有一处装点着黄底血红色的符号,帽子上、腰带上、吊牌、粘贴纸、小旗、裙子吊带上……

街道上满是黄底血红色四道杠,还有到处可见的“我们是一个国家”的横幅,以及反对加入北大西洋公约组织(NATO)的标语牌。

“我们是一个国家”——望着横幅,我的胸口仿佛压上了一块什么沉重的东西,但是却很难说清楚是什么东西。

不满足于自治区,他们还期待加泰罗尼亚成为更高一级的"国家"。倘若不这样,似乎民众的自由就无法真正得到保障——这种积忧是可以让人痛切地感受到的(另一方面,他们则寄希望于马德里方面什么时候会发生政变,说不定有机会改变政体)。

可是,若是让我直言不讳,我只想说,"国家"真的就这么美好、这么值得向往?我一直很怀疑,并且这种怀疑始终无法消弭。

国家这种形式无时无刻不受到国民的怀疑……

所谓理想国家是不存在的,它至多只是让国民时时刻刻处于监视之下的一种权宜而已……

凝视着游行队伍中的横幅,我内心却情不自禁在这样嘀咕,这思绪在高举横幅行进的游行人群中来回跃动。

然而,任何游行活动总是不乏少数派的存在。

有人在扯着嗓子大声喧叫:

"¡IN‐DE‐PEN‐DEN‐CIA!"

(独立!独立!)

又有人在高喊独立口号。他们所追求的,不只是一个自治的加泰罗尼亚,而是作为一个独立共和国的加泰罗尼亚。他们满怀激情。在这群人中,有位老者手里高举着一面我从未见过的青色和紫色的旗帜,上面还有一幅纹章的图案。

我试着问老者:"这是什么旗帜?"

"这才是真正的加泰罗尼亚旗! 我们要的必须是这面旗帜!"

老者回答,本来就似乎血压很高的脸膛涨得越发红了,我于是打住话头不再问下去,可是跟在老者身边像是他女儿的一位女士主动向我解释道:

"这是 1932 年到 1939 年,第二共和国时期的加泰罗尼亚共和国的国旗。"

在第二共和国时期,加泰罗尼亚几乎可以说已经是独立的状态了,因此,他们同佛朗哥政权的殊死对抗,同时饱含了保卫自己的"独立"的炽热感情,也就是在共和国政府同法西斯主义的抗争之上,还叠加了另一个强有力的动因。

这些少数派的口号和他们沿途散发的传单中,很自然地,充满了激烈的语言。

保卫加泰罗尼亚的国家独立! ……一雪 1714 年以来的所有屈辱! ……守护我们的土地! (在这片土地上,看不到卡斯蒂利亚以及安达卢西亚常见的那种大领主制的大片土地私有现象。)……赶走长达三个世纪的占领军! (占领军指的是西班牙军吧?)不是法国,也不是西班牙,我们要的是加泰罗尼亚国！……面对西班牙语和法语的文化帝国主义，守护我们的加泰罗尼亚语！……要加泰罗尼亚语，不要西班牙语！……反对核能开发！……独立的社会主义加泰罗尼亚万岁！……

游行路线不长，大概也就两公里左右。从加泰罗尼亚广场附近——内战时期，这里曾洒下无数的鲜血——出发，至胜利广场结束。可说句实话，除了文化和经济领域以外，加泰罗尼亚什么时候取得过胜利呢？

感觉腿脚酸痛，于是我走进路边的咖啡馆小憩片刻，此时我忽然想起佛朗哥死去时的一些旧闻。据说他死的时候，巴塞罗那街头似乎处于戒严状态，人们悄悄地会集到酒吧或咖啡馆，流着泪举起香槟干杯。香槟是用来庆祝的，不应该流着眼泪喝香槟。那阵子，街道上时常可以看到一堆一堆被丢弃的空香槟瓶。

返回寓所的途中，我不经意间朝前面提到的糕饼铺前的墙壁看了一眼，发现有人在"我们是一个国家"的涂鸦的"国家"两字旁边又添加了一行字——"国家就是西班牙"。

在这之前几天，我去过巴塞罗那以南大约200公里的小城托尔托萨。托尔托萨毗邻埃布罗河，市内的桥是埃布罗河入海前的最后一座桥。埃布罗河发源于遥远北方的坎塔布里亚山脉,流经卡斯蒂利亚、阿拉贡,最终夹带着比利牛斯山脉融化的雪水流入地中海,是西班牙流域面积最广的河流。生活在大部分土地都干燥缺水的西班牙,有时候,你会忍不住非常非常想遇见一条河。

加泰罗尼亚地区是西班牙少有的有着数条河流流经的地方,但由于大多都被水库或其他灌溉设施所利用,因此很少看到真正流淌着的河,有的河甚至干涸到河床裸露。在这些河流中,埃布罗河从上游一直到入海口的三角洲,水量相对都比较充沛。在这块三角洲地带,柑橘、桃子等果树,以及玉米、水稻等农作物的种植比较发达。自罗马时代以来,托尔托萨因其富饶的物产和战略地理位置一直发挥着十分重要的作用。

或许正因为如此,即使在落入阿拉伯人之手后,这座城市的市民也进行了较其他任何地方都更为激烈的反抗,托尔托萨重新回到基督教徒手里是进入十二世纪之后的事了。在这座城市的后方、可以居高临下俯瞰埃布罗河的茶褐色山丘上,是一座有着好多座高塔的巨大城寨废墟,如今这里被修复并建成了一座国营酒店(古堡酒店)。

内战时期,托尔托萨的激战给双方均带来了惨重的伤亡,总计有15万士兵战死在这里。登上旧城寨表面荒阙的高塔,群山的山脚处是一片片柑橘林,稍高的山腰处是一片片橄榄林,有些地方的板岩呈现出异样的翠青色。这些山峰最高的达1000多米,而埃布罗河就流淌在山脚下。眺望着眼前此景,实在难以相信这里曾经流淌过15万兵士的鲜血,但这却是历史事实。

共和国方面的军事力量主要是由来自斯堪的纳维亚半岛的兵士组成的第十一国际纵队,还有法国、比利时兵士组成的第十四国际纵队和英国、爱尔兰兵士组成的第十五国际纵队构成,他们与德意志纳粹军队、意大利的法西斯军队以及和佛朗哥叛军协同作战的军队展开了惨烈的战斗——仿佛是一场陆上现代化战争的预演。共和国方面打算在这里歼灭从西北方向袭来的佛朗哥叛军,可惜空军力量不足,在炮击、地毯式的空中轰炸之后,地面部队跟随着坦克向前冲锋,这是典型的现代战争的作战模式。战斗从1938年7月一直持续到11月中旬。

这场战斗,同特鲁埃尔之战一样,左右了共和国的命运。在这里,当佛朗哥的军队渡过埃布罗河的时候,实际上加泰罗尼亚的命运已经被决定了。

如今这里是一派祥和的景象。向南可以看见埃布罗河入海口处的三角洲,宛似鸟的头部,北面则是茂密地生长着柑橘、橄榄、刺叶桂花林的山岳地带,群山中高耸的部分,是白垩质的岩石。人们和平而富足地生活着。

1938 年,我 21 岁,压根儿就没有想过参加西班牙内战。当时中日战争正在进行之中,所以也不会想到跑到遥远的西班牙来参战。但是,在这片土地上爆发的内战对于人们的命运具有多么重大的意义,尽管当时还年轻,但我还是有着深切感受的。

托尔托萨市内的埃布罗河上,战争期间围绕架设于河上的桥的争夺战可谓惨烈至极。

在这座桥的上游,河中央竖立着纪念碑,造型仿佛一座铁塔,背面是巨大的十字架,正面则是一只雄鹰和一名身体后仰凝视着天空的战士。我不喜欢这样的东西。我始终认为,不应该为战争,尤其是为内战竖立纪念碑。

纪念碑上镌刻着这样的献辞:

Al Caudillo de la Cruzada y La Paz de España.

(敬献给十字军及西班牙和平之领袖。)

这里的"领袖"自然指的是佛朗哥将军。我浑身的肌肤不由变得像旧城寨的石壁那样粗砺顽涩。原来纪念碑是叛军方面为纪念他们的胜利而建,不是唁慰双方的死者之灵的。西班牙人不是那么宽容的民族。

这座城市内有一座建于十四世纪的大教堂,教堂里面还有一个建有漂亮中庭的修道院。坐在修道院的石阶上休息的时候，一位老人上前用法语同我搭话。我们乘坐的车子挂着巴黎的号牌。

老人问："你是从法国来的？"

我说："以前在法国待过，现在住在巴塞罗那。您去过法国？"

老人说："在那儿待了二十八年哪。"

第八章　通往中世纪之路

约在公元 1000 年前后,整个欧洲,特别是从意大利北部至法国、西班牙——西班牙又以加泰罗尼亚地方为盛,人们似乎将所有的热情都倾注在了给千差万别的大自然零零散散地穿上"白衣"(Manteaux)这件奇妙的事情上。

这里所说的"白衣",当然不是人穿戴的外套(斗篷),而是指在分跨西班牙和法国两侧的加泰罗尼亚地方,尤其是比利牛斯山脉险峻的群山之中,细数一下估计能有数百上千座的用石头垒造的白刷刷的小型教堂,也就是所谓的罗马式教堂。

一般而言,教堂(或者称为圣堂)大抵拥有金碧辉煌的祭坛,穹顶上绘着巨大而华丽的壁顶画,自上空悬垂下来无数的香炉或枝形吊灯,室内除了为管风琴和合唱队留出的空间,还有专门为贵族们设置的特设席,总之,不难想象它是一座精美而宏伟的大建筑。这样想并没有错,但是走进罗马教廷所在地的圣彼得大教堂，就会发现它并没有给人一种"神圣"的感觉；相反，不少人会因为它充溢着一股俗气而感到失望，甚至口出不敬之词。我以为这样是不合道理的。

全世界各个阶层的善男信女会集的地方，要说不充溢着一股俗气，那是无法想象的。说到俗气，历经千辛万苦走完朝圣之路，人们好不容易抵达圣地亚哥-德孔波斯特拉大教堂，但就是那样一个大教堂里面，照样是金银财宝堆积如山。笃信基督的信众们以及期待着能从上帝那里得到丰厚回报的人，心甘情愿地献纳。数百年下来，教堂积聚的庞大财富实在是令人难以想象。然而，西班牙北部与意大利南部同样作为西欧世界的一部分，却山穷水恶、荒凉至极，好像被上帝忘却了似的。走过那条可怖的朝圣之路来到大地之极，对于那些疲瘁困惫、近乎病人的信徒，即使只能停留三天，教堂的内部饰以金银财宝也能让他们仿佛见到了天堂的景致一样，这又有什么不可以的呢？主张这些财富与信仰无缘的人，我想只有一个办法，就是不要刻意去注意就好了。

只要是人进出的地方，假如不能够圣俗两方面兼容，那对人来说就是毫无意义的。

我虽身非基督徒，但我喜欢眺览城市中的这些大教堂。拥有悠久历史的城市大教堂，几乎都是用古罗马时代——换句话说,即基督教诞生以前就已存在——的神殿的石材作为基础建造起来的。上下两千年的时光凝固成一座建筑,因而它不是流逝的时光,而是凝固化了的时光。所以我想,没有比观赏教堂更能够真切目睹凝缩的时光的方式了。

即使它曾经遭受损坏又被修复,即使它被加入或者拆除了某一部分,又或者上面还残留着弹痕,它都是一段鲜活的历史。它所展现的历史不是由过去到现在再到未来、像淙淙流水一般逝去的历史,而是作为一个个截面存在的历史。

面对这凝固化的历史,走进教堂内部时,我每每会痛感,自己年轻时被灌输了太多类似于"时间或者说历史是以进行时的状态存在"的观念。

此刻我正在叙说的被称为"白衣"的东西,作为教堂或者说作为一个建筑物,实际上是非常单纯和朴素的东西,它简直不需要借助于语言,因此硬要缀文铺叙的话,很快就会陷入矛盾的境地。

举例来说,距离巴塞罗那向西大约85公里、翻越加泰罗尼亚的丘陵群继续前行,在丘陵之上有座小城塞尔韦拉,这是座不可思议的小城,会让你感觉当下已不再是二十世纪。城内有条街道被称为"魔女街道",它从山腹中横穿而过,却被山丘上面的人家的庭院遮蔽住,成为隧道一样的街道,大白天从这里走过也是黑漆漆的。而让人感觉当下不再是二十世纪则是因为,这条漆黑的街道每隔数步就在道旁的岩墙上凿有一个凹坑,里面点着蜡烛灯,坑内还放置有刻着耶稣像和玛利亚像的十字架。这景象宛如中世纪,四五百年的光阴便在这时光隧道中倏闪而过,并且不可思议的是,它也不会让人感觉是穿越时光回到了往昔。

这个国家不可思议的事情太多了。

塞尔韦拉这个人口仅 7000 余的小城,却有一所大学。这是一座用石头建造的两层楼的建筑,呈"凵"字形,中间是一个广场,用现代的眼光来看,它的确显得玲珑小巧,但它确实是一所创建于十八世纪的大学。西班牙内战时期,巴塞罗那大学改名为加泰罗尼亚大学,而在加泰罗尼亚共和国战败之后,学校名称又被佛朗哥政权强令改回巴塞罗那大学,并且被强令迁到了这里。巴塞罗那大学被视为分离思想的温床,因而才被放逐至僻陋的塞尔韦拉。

我是无意中来到塞尔韦拉并在此驻足的。在城外不远处,有一座外观看上去十分可爱的教堂。

乍看上去,完全看不出它是座教堂,你可能会以为它只是用石头堆起再刷上灰浆、用来储藏谷物的圆形筒仓,紧挨着它旁边就是一个木材厂的堆料场,所以也有可能会被当作是间木材储藏室,或者是木材加工车间之类的场所。事实上,它就是一座直径约5米、高约8米的圆筒形石屋。

然而细细审视就会发现,蒙茸着像是铁平石的薄薄一枚板岩的屋顶上,还架着一个小钟塔,而与它的竖坑式入口相对的另一面,一间半圆形的祭室仿佛一个瘤子似的与圆筒形教堂粘连在一起。

就是这样一个十分简陋的教堂,却堪称完美。我下了车,方得以看到它的全貌,它真的令我感动了。作为上帝之家,我觉得它完全不亚于巴黎圣母院或沙特尔大教堂①那样的罗马式大教堂,或者科隆和斯特拉斯堡的哥特式大教堂②,甚或更有胜出之处。我虽然不是基督徒,但我承认上帝之家是存在的。当然,不管我承认或不承认,它就是存在的。

简陋。素朴。上帝之家本就不需要那些多余的东西。我从附近借来钥匙进入教堂内部参观,里面可以说是空无一物,除了一张作为祭坛使用的木桌和祭室内靠近天花板处的一个十字架,连一把椅子也没有。地面用比垒砌墙壁的石块还大

① 全称为沙特尔圣母大教堂,位于法国厄尔-卢瓦尔省省会沙特尔市的山丘上,是法国建筑史上的经典杰作。

② 分别指科隆大教堂和斯特拉斯堡大教堂。前者位于德国科隆市,它以法国兰斯大教堂和亚眠大教堂为范本,是德国最早的鼎盛期哥特样式的教堂;后者位于法国斯特拉斯堡市中心,是欧洲最重要的中世纪历史建筑之一。

的石块铺就，高低不平。仅此而已，其他东西一概没有，上帝
当然也应该不在了。

教堂内壁和外壁上都没有凿刻任何文字。也就是说，这
纯粹是为上帝而建造的石屋，非常的低调和俭朴。许多石头
上依稀可见刻有字母，是 A 还是 F 却难以辨识，可能是当时建
造的时候石匠为了事后结算工钱而留下的标记吧。

这座十分私密的小教堂被称为圣佩雷教堂。根据记载，
它建于 1026 年。955 年的光阴抟聚在这里，安静、无声无息，
仿佛一棵石化巨树的树干和树根一样，而巨树的枝叶则在我
们看不见的天空繁密地伸长。

我对于教堂的建筑历史及建筑样式所知不多。因此，说
到罗马式风格或者前罗马式风格，我的知识也就限于：似乎
九、十世纪前后的建筑风格一般称为前罗马式风格，十一世纪
至十三、十四世纪左右的建筑风格则称为罗马式风格①。不过
说老实话，其实我对于这些称呼并不怎么在意，只要它能让我
的灵魂得到濯洗就足够了。

_____

① 罗马式（Romanesque）风格一般指十世纪晚期至十二世纪盛行于欧洲的一
　　种建筑风格，后被哥特式建筑承袭并发展。此处作者的记述可能有误。

不过，为什么单纯而俭朴的宗教建筑能够濯洗人的灵魂？

写到这里，我不由得想起曾经读过的柳宗玄氏关于罗马式建筑的文字片段：

"1003年前后，全世界各地，尤其是意大利、高卢等地，几乎所有的教堂都开始进行改建，从地基到屋顶。大多数教堂本已经建造得十分豪华，似乎根本没有必要重新再建，但基督徒们却好像在比赛谁建的教堂更壮观似的，乐此不疲，于是全世界都不约而同地将教堂古代的粗缯大布脱下丢在一边，给它们换上焕然一新的白衣。当时，信徒们对单单重建各教区的主教堂犹不满足，还将各个地方的修道院、圣堂甚至各地乡村的小教堂也都翻建一新。"（《历史五卷：900—1044》，拉乌尔·格拉贝[1]著，柳宗玄译，1048）

塞尔韦拉郊外这座穿上了"白衣"的圣佩雷教堂，就属于这位勃艮第修道士所说的"乡村小教堂"吧。

可是，为什么"1003年前后，几乎全世界"都掀起了一股给石头建筑穿上白衣的风潮呢？

这里所说的"全世界"，不用说是专指基督教世界。至于为什么会掀起这股风潮，这就不能不说到个中缘由，其中之一

---

[1] 拉乌尔·格拉贝（Raoul Glaber, 985—1050）：法国中世纪重要的史学家，他创造了"白衣"（Manteaux）一词，用于描述当时无处不在的宗教建筑。

便是让人们一直战战兢兢的末日审判在千禧年到来之后并没有应验,而且没有任何迹象表明这种审判会真的到来。

我凝望着这座仿佛巨大树干似的圆筒状的教堂,好像也能感受到遥远的过去的人们是一种什么样的心情。他们整日生活在恐惧之中——末日审判会到来吗? 什么时候到来? 它会以什么样的方式从什么地方降临? 它又会带给人什么样的后果? 是像《启示录》中所说的,随着第一道封印、第二道封印一直到第七道封印被揭开,出现红马和灰马,"用刀剑、饥荒、瘟疫和地上的野兽将人杀死"吗? "神圣的主啊,何时才会降临,解救我等地上信徒,为我等复仇?"是不是从第一位天使吹响号角,一直到第七位天使吹响号角后,整个世界就瞬间毁灭变成地狱了? 还会不会爆发大洪水、会不会有挪亚方舟重现? ……

会来吗? 什么时候来? 忐忑不安地生活在恐惧之中的人们的感受,加泰罗尼亚赫罗纳地方的人们曾经同样体会过。看了如今收藏在巴塞罗那的加泰罗尼亚美术馆的壁画《末日审判》等作品,便会让人有一种感同身受的认识。以末日审判为主题的绘画、雕刻作品,在稍具规模的教堂里是随处都有的,人们有不少机会可以观赏它们。但是单单用眼睛观看是看不出什么深刻东西来的,你还必须用心深入其中去感受。

作为一种外在物,艺术作品本身仅仅是作为载体的一个物事而已。

可是,"1003 年前后"这一记述十分具体,可以说具体得有些可怕。但让人们一直恐惧着、战战兢兢地想着"会到来吗?会到来吗?"的末日审判并没有到来。想到人们终于安坦下来、如释重负的情形,我们完全有理由这样理解:罗马式艺术中有关末日审判的绘画和雕刻作品,与其说刻画了人们的惶然恐惧,倒不如说反映了人们从恐惧中解脱出来的那种喜悦。

当然还有另一个缘由,即在此之前的木制教堂历经数百年的岁月后,大多已经朽坏且无法修复了。这个理由浅显且充分,而再往前的教堂已经荡然无存,因此它们的命运是显而易见的。

由于不再遭受日耳曼人、诺曼人等夷狄民族的烧杀抢掠,人们也不必再被迫进行民族大迁徙,可以相对安定地在一个地方定居下来也是原因之一。还有一个理由是此时石材等笨重建筑材料的搬运方法和搬运技术也有了很大的进步。在这之前,据说人们搬运大石块是将牵引的绳子直接套在牛马的脖颈上,搬运的时候牛马会呼吸困难喘不过气来,而现在将绳子套在牛马的肩头,就可以拽拉较重的东西了,加上这时候人们已经发明了马蹄铁,也起到了减少马受伤的作用。

这里有必要顺带说一句,可能有人会有疑问:更早时候,比如建造古埃及金字塔以及后来的古罗马遗迹时的那些巨石又是怎样搬运的呢?那当然是无数奴隶悲惨劳动的结果。

尽管如此,也并不是说此时的人们无须像牛马一样从事高强度的劳动,或者说用人代替牛马拉着车搬运笨重石材的情况就彻底不存在了。

"身居高位的君主们、拥有名誉和财富的人们、男女贵族们,低下他们高贵的头颅,套上马套,就像拽拉车子的牛马一样,拉着满载葡萄酒、小麦、油、石材、木材等生活必需品以及建造教堂所需物品的车子,朝基督的圣堂一步一步走去,有人目睹或者听闻了这样的光景。人们看到的是一幅令人惊讶的情形:车子后面时常跟随着上千人——可见搬运这些东西本身是件多么浩大的工程——他们全都静谧无声地行进着,不发出一点声音来。若不是亲眼所见,谁都不相信这个庞大的集团全部是由人组成的。人们停下来歇息的时候,响起一片忏悔和祈求上帝宽恕的祈祷声,牧师则用平和的声音抚慰着人们,让人们忘记了所有仇恨、抛却了所有不和、归还了所有欠债,于是,人们的灵魂得以相通……"(《历史五卷:900—1044》,拉乌尔·格拉贝著,柳宗玄译,1048)

根据柳氏的说明，上面这段话来自位于诺曼底的圣皮埃尔修道院院长埃蒙所写的书信，它描述了建造沙特尔大教堂时的一部分情形。依照今天的思维，这完全超出了人们的想象，令人惊愕不已。其实不是人的狂热超出想象，而是狂热这东西是没有极限的，这一点我们不能不相信。

毫无疑问，不能说这些是强制的奴隶劳动。在中世纪的基督教世界，尽管不能断言社会整体已达至这种程度的狂热，但是从某种程度上来说，这样的情况也是可能出现的。对此，我们必须加以正面的理解。

但无论如何，当时的人的狂热仍然让人惊叹不已。

前面提到，城市中的大教堂多就地取材，用从罗马时代的神殿等建筑拆下来的石材——主要是大理石——建造，险峻如比利牛斯山脉地区就没有如此好的条件。不过在傍依着山崖而形成、斜坡稍许平缓的村落的某些地方，仍然可能建有一两座罗马样式的小教堂，其中不乏拥有三层，甚至六层高的钟楼的教堂，简直是令人无法置信的奇景。最具有代表性的便是位于海拔超过 2000 米的博伊山谷中一个名叫陶尔的小村中的圣玛利亚和圣克莱门特两座教堂，后者建成于 1123 年。

这两座教堂中的壁画，尤其是后者描绘上帝之手的壁画以及万能之主基督的《耶稣像》，被小心翼翼地从墙上剥下移至巴塞罗那的加泰罗尼亚美术馆,成为有名的馆藏展品。不过,如今要想乘坐车辆前往这个小村落,还是得越野车才成。

然而就是这样一个小小的村落,怎么想顶多也就只能养活两三百来人,人口再多的话几乎无法存续下去,加上还有羊、山羊、牛、马等等,实在无法想象究竟怎样建造出这样了不起的教堂……这里每到冬季就冰雪封山,人们根本无法外出,向西仅仅 20 公里,就是靠近今天的西班牙和法国国境线的海拔 3404 米的马拉德塔山,山上甚至还有冰川……

如今人们将这里誉为"西班牙的瑞士",这里也成了滑雪胜地,但在数十年前,哪有什么滑雪的人啊。村里的钟楼除了告知村民们祷告的时间之外,也用于这交通极为不便的山谷中村落与村落之间的通讯联络,比如谁家出生了个儿子或女儿,谁谁死了,等等。

在交通如此不便、一到冬季几乎一切活动都停顿下来的高寒村落,究竟是什么人、为什么非要建造如此雄伟的教堂?虽然四周山岩遍布,石材可以说要多少有多少。况且说到罗马艺术,教堂内的墙壁上还绘有上帝之手、万能之主耶稣的画像等庄严而华丽的壁画。裁切石块以及黏合石块的灰浆暂且不说,湿壁画法所用的颜料等又是从哪里弄来的呢?

这是一种什么样的基于信仰的狂热啊——无论谁都会情

不自禁地发出感慨。

附带说一下，在中世纪画作中表现上帝的存在一般只画其手，而且是右手。这是一种最极致的表现方法。所谓最极致，换言之也就是最为合理的表现方法。

不仅仅限于比利牛斯山脉，包括法国一侧的鲁西昂在内的整个加泰罗尼亚一带，各个村落中的罗马式教堂（上帝之家）足有上千座。

山峦之中的羊肠小道，宛如通往中世纪的崎岖道路。

至此为止，我反复写到"上帝之家"，其实教堂既是上帝之家，同时也是人的家。这些教堂正对着正面入口的后殿，也就是祭室所在的部分，大抵为半圆形，突出于一般为长方形的信众们聚会的大厅，而塞尔韦拉的圣佩雷教堂连这个大厅也是半圆形的，属于十分另类的特例。

这个半圆形的后殿，连同它的屋顶也是半圆形的，象征着宇宙——这里是上帝所在的位置。这个好像室内体操馆一样的大厅，也就是人们聚会的场所的侧壁，则是上帝与人连通的地方，所以很自然地，这上面通常都绘有壁画或者刻有雕像。

我这里用了"室内体操馆"这个未必妥当的比喻，事实上上帝的祭室包括屋顶在内全部是用石材建造的，而信众们聚会的大厅其屋梁是以木材支撑的,屋顶有不少地方也是用木材建造的,故而损毁而变成废墟的——法国一侧尤多——大多是由于大厅的木梁塌落而造成。

假如可能的话,尽量整个教堂都用石材建造,但因为心有余而力不足,不得已只有上帝的祭室部分切切实实用了石材来建造。这大概是从史前起人类便有的巨石信仰一直传承了下来的缘故吧,精灵宿于巨石或者岩石中的观念,不问东洋西洋古已有之。此外,还有一个理由也值得记在头脑中:名列十二使徒首位的伯多禄的名字即有岩或石的含义在里面。

我喜欢观赏以这种方式整齐垒造起来的石头建筑。人与石头的交流,或许才是人类与宇宙沟通方式的根源。

说到罗马式建筑,巴塞罗那市内也有两三座;出了市区向西,在一个叫马托雷尔的小市镇也能见到;还有建造在一块巨大砾岩腹部、闻名遐迩的蒙塞拉特修道院(这个不消说,是后来才建造起来的)所在的宛如数十根手指伸向天空般、呈锯齿状的蒙塞拉特山上也有罗马式教堂;然后经伊瓜拉达、塞尔韦拉,便是古典吉他爱好者无人不晓的作曲家塔雷加及其一族的出生地了,这里也有。不过这样说起来,似乎加泰罗尼亚地区所有的村落和市镇的名字都必须列举出来了,例如拦截塞格雷河而形成的水库附近的巴拉盖。此外，撇开城市，在僻远的山谷之中、田野尽头也散布着不少……

这些简单朴素的石砌小教堂在我看来有着一个共同之处，那就是不论它们现在仍在使用还是早已废弃不用，全然没有一点让人联想到生或死的阴郁气氛，没有那种十足的宗教气味，而是给人轻松愉快的观感。用我自己的感受来形容，就是能够给人一种穿越时空的感觉，它们用将近一千年的时光，将一个个狭小的空间酿造成天地相接的象征空间。

我对于基督教所持有的历史观了解不多也不深入，但身处这样的时间和空间之中，却由衷地感受到，我仿佛可以轻触到千禧年前后中世纪那段历史。它完全不同于我所知悉的从古代社会终结和民族大迁徙到中世纪封建社会诞生这样一种既有的历史观，而是让人能够在尻轮神马中豁然顿悟的历史，它是那样透彻明了，丝毫不显得凌乱。

踏着通往中世纪的小路，我进入了莱里达。

说到莱里达，我一直以为是 Lérida，可是来到这里才发现，路旁的指示标志统统写成 Lleida，一处 Lérida 也没有看到。这是因为加泰罗尼亚重获自治权以后，所有的路标都改成了加泰罗尼亚语的缘故。Lleida 读若"伊耶达"，更加接近法语的发音。顺带说一下,赫罗纳(Gerona)在加泰罗尼亚语中成了"季罗纳"(Girona),比契(Vich)成了"比克"(Vic),不能不说让人一时蒙怔。① 不过我在此还是依惯例写作"莱里达"。

莱里达也是一座历史悠久的城市。它位于发源于比利牛斯山脉冰川的塞格雷河水流丰沛的河段旁,拥有位于山丘上、被称为"堡垒"(Suda)的大教堂以及要塞遗址。据说山丘上原先还有一座阿克波利斯②,恺撒与庞培就是在此地进行大战。而自公元八世纪一直到十二世纪,这里都处于摩尔人的统治之下,所以在这些古老的建筑上也留下了历史的遗影,大教堂正门上的浮雕几乎都是阿拉伯风格的。

这座大教堂,由于1707年的王位继承战争以及1810年抗击拿破仑军队的独立战争而遭受破坏,1936年的西班牙内战更是使其毁伤惨重。为了抢占阿拉贡地区,如今已成为传奇人物的无政府主义斗士杜鲁蒂③指挥的军队从巴塞罗那北上,一路攻来,教堂被猛烈的炮火击中,燃起熊熊大火。石砌的建

---

① "Lérida""Gerona""Vich"为卡斯蒂利亚语,即通行西班牙语。

② 阿克波利斯(Akropolis)原意为"高丘上的城邦",是一种古希腊人的聚居点,通常为了防御的目的而建在高处。雅典卫城即是围绕阿克波利斯发展起来的城都。

③ 何塞·布埃纳文图拉·杜鲁蒂·杜曼赫(José Buenaventura Durruti Dumange, 1896—1936):西班牙著名无政府主义革命家。内战爆发后,杜鲁蒂积极参加反法西斯斗争,1936年在马德里保卫战中牺牲。

筑起火听上去是件不可思议的事情,事实上,出乎很多人的意料,建造教堂时其实使用了大量的木材。

八角形的钟楼兼观景塔上弹痕累累,十分醒目。教堂如今正在加紧修复,内部几近空无一物,宽敞而壮观的祭室内只有一尊刻有耶稣基督的木制十字架,木头的成色很新。

这座大教堂的一部分属于罗马时代,整体则建成于十三世纪。站在空荡荡的高高的哥特式穹顶之下,会让人情不自禁地想:这里还应该有金光灿灿的大祭坛、大壁画还有管风琴之类的啊。然而正因为这里现在空无一物,才让人感触更深。

"公元1003年前后"的人们,将意识空间扩充了足足数十倍,这就需要有足够的东西来填充这个巨大空间,于是金银财宝渐渐堆积如山,放射出耀眼的金光。这并没有什么不好,因为这些财富本身就是人们欲望和狂热的对象,但如果神职人员专享这些金银财宝,并且同贵族、大地主结成三位一体的特权阶层,就会招致那些正挣扎于贫穷境地的人们的仇恨。本来,即使爆发革命也与教堂本身没有任何关系,没有必要毁坏教堂。这种观点自然没错,但现实却是,教堂已经成了劳苦阶层受压迫的象征,不将它摧毁,就无法让人们获得革命的真实感受。

法国大革命期间,拥有罗马时代最大修道院组织体系的克吕尼隐修会,其大本营克吕尼修道院就遭到了严重毁坏。

空空荡荡的莱里达大教堂所在的山丘下,新建了一座超级现代的、屋顶呈扁平三角形的教区教堂。估计它在内战时期也遭受了战火的洗礼,战后由最优秀的现代建筑师重新设计改建。近年来的教堂建筑大都不喜欢建得金光灿灿,而是设法造得简朴,但愿它只是上帝的一个起居之所,而不是供人祈祷之所……

无政府主义斗士杜鲁蒂的墓地在巴塞罗那市西南的蒙特惠奇山上,我是散步时偶然发现的,墓前供奉着漂亮的鲜花。守墓人说:

"是一个向往革命的日本人献上的花。他说他是个医生。这里经常有向往革命的日本人来拜谒呢。"

第九章　巴斯克人

　　"信息白痴"这种人应该是存在的吧？尤其是涉及国外的信息，他们将由外现的铅字和影像构成的信息囫囵吞枣地接受下来，对印刷媒体和荧屏所传达的浮光掠影的信息，不加分析地存储进记忆系统。换言之，这些都是对方经过筛选、希望受众据此形成某种其所希冀的印象的信息。随着时间和空间的叠加，久而久之他们竟不以为这只是表面化的信息，也不觉得这可能是虚构的而非真实的事实，并且基于这些信息做出种种错误的判断。我想，这种情况肯定是存在的。

　　身处信息社会之中，我自己似乎也有这种倾向，就像腌泡的酱菜一样浸渍其中而不自知。举例来说，提到西班牙北部的巴斯克自治区以及生活在那里的人们，我的脑海中有时候会划过一念，而在那倏尔即逝的一念中，已经情不自禁地冒出来诸如恐怖活动、"埃塔①"的恐怖分子等等既有的标签。

可是,关于埃塔我们知道些什么? 哦不,在说知道什么之前,至少我们得弄清楚,埃塔是什么的略称? 它是个什么组织?

这似乎是典型的表面化信息先行,但事实却完全没有同步跟上来。

十多年前,我初次去西班牙时并不是搭乘飞机一下子降落在马德里,而是乘坐汽车从法国一侧翻越比利牛斯山脉进入巴斯克。当时,我甚至连西法国境的法国一侧也居住着许多巴斯克人这一情况都不清楚。

因此,当接近国境看到山上巨大的岩石上,用鲜艳的油漆刷着"4+3＝1"几个大字的时候,我只感到茫然。

这几个大字,从西班牙一侧也能清楚地看到。

"4+3＝1",这是什么意思?

---

① Euskadi Ta Askatasuna(简称 ETA),意为"巴斯克家园与自由"。成立于 1959 年,原为佛朗哥时代巴斯克地区的一个地下组织,在佛朗哥独裁统治结束后逐渐演变为主张以暴力争取独立的分裂主义恐怖组织。2011 年 10 月,该组织宣布永久停火。2018 年 2 月,该组织通过媒体发表公开信宣布解散。

是不是将 7 错写成了 1？

法国一侧的海关还在前面很远的地方，西班牙一侧的海关也须过了边境之后再走上很长一段，才会在一个小村子里看到，眼前的国境两边居然看不到一个边境警察。我向四下张望了一圈，一个人影也没有发现，只有"4+3＝1"的标语从法国一侧居高临下俯视着偶尔经过的车辆。

那时候独裁者佛朗哥还活着，巴斯克语——还有加泰罗尼亚语也一样——被禁止在公共场合使用，学校也被禁止教巴斯克语。

好了，现在来简单解释一下"4+3＝1"的意思吧：将法国一侧的四个巴斯克人居住的省，加上西班牙境内的三个省，统一成一个行政区域，实现自治；或者独立建国，成为一个主权国家。可以说，这句简短的口号道尽了巴斯克人的悲壮愿望。

在当时来说，这样的口号也只能刷在法国一侧的山岩上。有无言论表达的自由，仅仅隔着这么一条国境线便如此悬殊，我还从未见过这样鲜明的例子。

我第二次从法国一侧进入西班牙境内的巴斯克，是 1977 年春天，佛朗哥已经于此前的 1975 年秋天死去。

这次没有再走山中小道前往，而是从法国境内的巴约讷沿着高速公路直达巴斯克圣塞巴斯蒂安市。变化直扑眼帘：巴士车厢外刷着大大的标语口号："学习巴斯克语！"街道旁的商店自豪地贴着"本店店员会说巴斯克语"的告示，书店里陈列着巴斯克语-西班牙语、巴斯克语-法语以及巴斯克语-英语的对照词典，此外还有用巴斯克语解说的化学和物理学名词手册等。

有个词叫"朝迁市变"，说的大概就是这种情形吧。佛朗哥死去仅仅一年多，这类词典和解说书籍便一下子全冒了出来，意味着这些其实都是在独裁统治的四十年间早已准备好了的。原来一种语言在地下也可以顽强地生存下来。

然而，巴斯克以外的人称呼他们的语言为"巴斯克"语、称呼他们为"巴斯克"人，巴斯克人自己为什么将他们生存的土地称为"埃乌斯卡迪"（Euskadi），称呼他们的语言为"埃乌斯卡拉"（Euskara）呢？这个看似非常简单的问题，要解释起来却意外的复杂。我曾经买了两三本参考书打算自己弄弄清楚，但到底还是无法在头脑中将个中经纬整理得井井有条。没办法，我也只得在此如实坦白。

说起来，巴斯克语学起来非常难，尽管程度因人而异，但对有的人来说，堪称是世界上最难学的语言。民间有玩笑说，

"巴斯克语写出来是所罗门,读出来却是尼布甲尼撒①。""恶
魔(恶魔的脑子当然不会差)在毕尔巴鄂学了七年巴斯克语,
只学会了三个单词。"可见其难度之大的确非同一般。我还买
过巴斯克语的语法书来翻了翻,一看,大脑立即就成了一片糨
糊。举个例子:表示"鸟"的名词 xori,根据不同场合一个词干
竟然可以有三十四种词尾变化! 除了当地人,外人简直是不
可能掌握的。将这本名为语法书、实则像谜语书一样的书继
续看下去会发现,原来词尾变化竟如此复杂。仍以"鸟"这个
词为例,根据这只鸟现在所在的场所、这只鸟将要飞往什么场
所、从它所在的场所飞到说话者所处的场所来等等不同情形,
词尾要做不同的变化。还有敬语词尾变化,假如这只鸟和它
的同类嘤嘤对话的话,表示"我""你"时还要根据雄鸟或雌鸟
的"男腔""女腔"而进行不同的词尾变化。动词不用说了,副
词、形容词以及其他各种语法要素,也统统须根据说话时的不
同状况而千变万化。读着语法说明,恍如觑望万花筒一样,仅
仅翻阅了几页就已经令我的大脑发麻。

---

① 所罗门(Solomon,生卒年不详):以色列王(约公元前 960—前 930 年在
位),建造了耶路撒冷第一圣殿;尼布甲尼撒(Nebuchadnezzar,生卒年不
详):一般指尼布甲尼撒二世,古巴比伦王(约公元前 605—前 562 年在
位),在征战中拆毁了所罗门王建造的第一圣殿。

这门变幻自在——哦不，它的变幻并非真的自在，而是依照严格的规则而进行——的语言，其语尾变化宛如日语中的"抽屉柜"。然而，天知道这个语词的柜子里还内藏了多少只抽屉啊，我实在想象不出来。

当然，我这么说的时候其实也不是十分的自信。我住在与巴斯克相邻的阿斯图里亚斯省的时候，认识了一位法国的语言学者。据这位老爷子说，在日本有一位非常出色的巴斯克语研究者。既然如此，看来这位研究者应该是最有发言权的。关于巴斯克语，我所说的也就仅仅只能限于这个程度。

总之，我们完全可以说，这门奇异的语言正有待年轻、思路活跃的语言学研究者去挑战呢。

尽管在这块土地上被这门语言熏陶着长大的人并不觉得这门语言有什么怪异难懂的地方，或许头脑特别优秀的外人也不会觉得怪异难懂，但是它极其非同一般的表达形式还是使人感到无穷的魅力。

我们住在阿斯图里亚斯某个村庄时，村里有一户养牛的人家，全家人只会说巴斯克语。我一有空就将听到的他们的对话记在笔记本上，记了还不少呢。

比如母亲朝男孩叫道：

"你好歹帮我干点什么活儿呀！"

男孩的回答我一字不差地记在笔记本上：

"Ponetarekilakoarekin！"

他母亲向我解释说，这句话的意思是，去和戴贝雷帽（巴斯克帽）的人玩。从这句话中似乎也可以看出，绝对不应说巴斯克语是门古里古怪、尚未成熟定型的语言。早在1571年就已经有了《圣经》的巴斯克语译本，只需举出这个例子，便是最有说服力的证据。这门语言有一个特点，即动作对象、动作关系等必须交代得精准明晰，例如绝对不会允许用"给，这个"这种含糊的说法，而是一定要说成"我把这个给你"。

然而，由于其自身的复杂性以及封闭性的缘故，巴斯克人历来就有将巴斯克语同另两种语言并用的传统——西班牙一侧的巴斯克人并用卡斯蒂利亚语，法国一侧的巴斯克人并用法语。

附带一说，巴斯克人的"注册商标"——巴斯克帽（即贝雷帽）的历史并不算太悠久，应该是十八世纪以后才出现的。我喜欢戴巴斯克帽有三十多年了，可是对巴斯克的情况却知之甚少，差不多是最近才开始真正关心起来，所以，近来已经不大敢厚着脸皮戴着巴斯克帽走上街了。

巴斯克语在欧洲诸语言中究竟属于什么语系呢？

这同样是一个非常复杂的问题，唯其复杂，以至于因人而异，研究者们的主张几乎各不相同。由于其语尾变化十分纷繁，与芬兰语、匈牙利语、土耳其语等似乎有着某种共通性，研究者们似乎从这一点上找到了对其进行语言系属分类的方向。

可是，也有不少研究从语源学的角度指出，应该从爱尔兰语、苏格兰语、非洲北部的柏柏尔语族、地中海的撒丁尼亚语、意大利北部伦巴第地区的一种古语，也就是利古里亚人使用的语言去溯源，甚至还有人主张应从更加遥远的苏联境内的高加索地区去找寻巴斯克语的根。如此一来，前面提到的线索又向北、向南、向东地来了个180度大转弯，让我等外行人更是完全摸不着方向了。总之，巴斯克以西除了阿斯图里亚斯和加利西亚再没有任何地方了，再往西是大西洋，也就是大地之极了。

也有研究者指出，似乎还可以从印欧语系中的某个语族或爱沙尼亚语去寻根，更激进的研究者甚至认为可以从帕米尔高原的一种古老语言去溯源。

看了研究者纷纷籍籍的主张，我不由得生出这样一种感觉：研究考古学和语源学，简直就如同在赌博碰运气嘛。或者说，它同深奥难懂的天文学好像也差不多呢。

我曾试着请教过那户养牛的人家："上帝"怎么说？对方回了我一个词：Jinko。听了这个回答，我登时打消了在笔记本上记下来的念头。它究竟属于哪个语系哪个语族，作为语言学门外汉的我完全无从揣测。

我翻阅过专门阐述这门语言的系属分类以及起源的书，其中有这样一句话："（巴斯克语）是欧洲，甚至是世界上最孤立的语言。"此外，用英文或法文写就的书大都会用到一个形容词：insolent（西班牙语是 insólito），意思是奇异的、古怪的、与众不同的等等。说得稍许轻浮一点，还隐隐含有旁若无人、傲慢、无礼等意思。少数民族说着一种周围人谁也听不懂的语言，仅仅因为这样，就被贴上旁若无人、傲慢无礼的标签，简直让人无法忍受。但，这个世道就是这样的。

距 1977 年之后又隔了三年，我从法国一侧沿着另一条山路第三次前往巴斯克。当我进入潘普洛纳市时，只见各处道路标志上的 Pamplona 都不见了，代之以 Iruña 的字样，省名 Biscaya 也被改成了 Bizkaia。我不禁惊讶于巴斯克语中居然有这么多 z 的发音。而当我由人陪着来到当地最大的都市圣塞巴斯蒂安市时，竟发现其标志被涂黑，在其上面另外贴了 Donostia 几个大字，我哑然无语了。

无须多作解释，圣塞巴斯蒂安是基督教中一位圣徒的名字,几乎已成殉教者的代名词。将 Sebastian 替换几个字母变为 Donostia,对于像我这样的外国人而言,只能说,服了你了。①

在潘普洛纳市内一间酒吧,我被一群说着巴斯克语——哦不,是说着埃乌斯卡拉的年轻人围住,用双方都很生硬的卡斯蒂利亚语交谈起来。据说,潘普洛纳的市名源自因与恺撒对立最终被暗杀于埃及的罗马时代的著名将军、政治家庞培的名字 Pompaei,这个我是知道的。但在交谈中我才得知,当地人在其后面加上巴斯克语的 ilun(Irún),合成了潘普洛纳这个名字。ilun 在巴斯克语中的意思是大都市,而提到巴斯克的这个地区,只要说 ilun 就足够了,和庞培这么个后来人的名字绑在一起毫无意义——这便是这些说埃乌斯卡拉的年轻人的主张。他们的话语中透露出掩饰不住的那份自豪感:我们的民族早在古罗马时代以前就已经在这里繁衍生息了!

作为一个外国人,我顶多在心里嘀咕一句"是这样啊?"也就过去了。但同时又情不自禁地想到,对自诩为罗马人后裔的西斯班尼亚诸君来说,这就不能不令他们对巴斯克人产生"旁若无人""傲慢""无礼"的感觉了。

然而这个又涉及同一国家中主体民族与少数民族的关系

---

① "Pamplona" "Biscay" "Sebastian" 为西班牙语,"Iruña" "Bizkaia" "Donostia" 为巴斯克语。

等问题，我就不再进一步触及了。

无论如何，圣塞巴斯蒂安变成了多诺斯蒂亚，这和佛朗哥大元帅广场、何塞·安东尼奥大街等以法西斯分子名字命名的地方重新恢复其历史名称的做法，本质上是不一样的。

年轻人们正非常投入地说着，突然从酒吧外不太远的地方传来枪声，年轻人们顿时脸色大变，所幸随后赶来的警察仅将酒吧封锁了大约一小时，倒没有发生什么事情，只是在走出酒吧时，年轻人们被要求出示身份证、我被要求出示护照。后来得知，那天有一名宪兵军官被埃塔的武装分子枪杀。照埃塔方面的说法，那名军官在佛朗哥时代曾经对巴斯克民族主义者进行过严刑拷打。复仇是一种美德，我曾不止一次听到过像普罗斯佩·梅里美①笔下的科西嘉岛民物语那样的故事。在当时那个时代，复仇不仅被视为美德，它还是一种义务，而我们生活的这个时代距离那时不过才百年有余。

"埃塔"（ETA）是"巴斯克家园与自由"（Euskadi Ta Askatasuna）这个组织的略称，在法国和西班牙两国境内都拥有相当长的历史传统。

---

① 普罗斯佩·梅里美（Prosper Mérimée, 1803—1870）：法国作家、剧作家、历史学家，代表作有《卡门》《高龙巴》《克拉拉·加苏尔戏剧集》等。这里提到的"科西嘉岛民物语"出处应该是《科西嘉旅行笔记》。

巴斯克这个地方的产业分布大致分为三大产业圈，即以毕尔巴鄂为中心的钢铁工业地带、山岳地区的传统畜牧业地带，以及沿海的渔业地带。因为产业分布的缘故，阶级分化也十分突出，由此导致政治意见的统一成了个难题，无法轻易地调和而形成一致。由于巴斯克人大多在西班牙和法国两国都有亲属，因而国境对于他们来说并不具有太大的意义。有着悠久传统的走私活动在他们看来也完全不是什么问题，特别是对居住在比利牛斯山脉中的居民而言，国境和关税等都是在他们之后才出现的东西，故此这也成为他们与中央集权进行抗争的历史根源之一。

另外还有一个原因。由于大多数巴斯克人居住在险峻的山区，无法进行财产分割继承，所以传统上实行严格的长子继承制，次子及以下必须外出谋生（前往美国的居多），造成了年轻一代的巴斯克人自我认同感的缺失。那些留在巴斯克的人们便固执地（其实我没有资格这样说）坚持要强化巴斯克人的自我认同感，这也是极其自然的结果。前来日本执教的弗朗西斯科·哈维尔在家中也不是长子。

1977 年我第一次到毕尔巴鄂市，在街道上买了份报纸，只见第一版上一行大字标题：把《格尔尼卡》还给格尔尼卡！下面是格尔尼卡镇镇长的一则声明。

《格尔尼卡》无须解释，就是指毕加索的大作《格尔尼卡》。关于毕加索的这幅作品，我完全没有必要多说什么了，不过，镇长先生这则"把《格尔尼卡》还给格尔尼卡！"的声明，还是给了我内心极大的冲击。《格尔尼卡》在其临时保管场所——纽约现代艺术博物馆寄居数十年之后，最终回到西班牙，被收藏进了马德里的普拉多美术馆。然而，当人们听到"把《格尔尼卡》还给格尔尼卡！"这句话的时候，我相信他们还是会深受触动的。

佛朗哥及纳粹德国对格尔尼卡进行了惨无人道的轰炸、滥杀，并且完全是出于战略考虑，即试图通过野蛮轰炸达到威吓目的，从心理上击垮对方。没隔多久，广岛、长崎先后被投下原子弹，应该也是出于同样的战略目的，这就是历史事实。不过在当时，轰炸格尔尼卡还不仅仅是一种心理威吓。

格尔尼卡对于埃塔——"巴斯克家园与自由"而言，极具象征的意义。这座小镇中心的山丘上生长着一棵巨大的橡树，自中世纪起巴斯克的长老们就围聚在橡树下，就一些大事进行民主商议，堪称是民主政治的雏形。西班牙的历代国王也曾在这棵枝叶繁茂的橡树下，发誓认可并遵守巴斯克的自治特权。1937 年 4 月 26 日星期一，正是镇上举办传统集市的日子。德国和西班牙法西斯对这个巴斯克人的精神中心进行了轰炸,这其实是在告诉人们,佛朗哥独裁统治不承认其一切自治权利以及独特的传统语言。

如今,巴斯克议会大厦毗邻的公园里,以及巴斯克圣域栽种的橡树都是新树。根据最早的记载,早在 1334 年那儿的橡树就已经很有些树龄了。1808 年被法国军队砍倒,其后又重新栽种,但后来被来自马德里的军队再次砍倒。砍了又砍,栽了又栽……

老橡树的一部分树干被保存在自治纪念馆。自治纪念馆还展出有西班牙历代国王签名的、声明尊重巴斯克自治权利的宣誓书。

看到那古老的树干,再仰头望着如今新栽的橡树,我情不自禁轻声呢喃道:

“光荣属于橡树下的民主主义!”

可是,巴斯克民族的始祖究竟来自哪里呢?

截至目前,研究线索似乎主要指向了苏联境内高加索地区的格鲁吉亚共和国。但是,又是什么样的狂热驱使这个民族从高加索山地不停地向西、向西,最终来到西面的大地之极,在与高加索地理环境非常相似的山地定居下来的呢? 其独特的语言又是如何在与周边诸民族的交往融合中,始终没有衰亡,一直保存并发展到今天的呢?

第十章　地中海上的圆形剧场

　　回到日本待了一阵子,期间老友芥川比吕志君故世,我是带着黯然的心情重返欧洲的。感觉仿佛是专为了参加葬礼而赶回日本似的。尽管在日本只待了不到三个月,但令我不得不直面诀别的却不只芥川君。

　　一、二月的巴塞罗那,虽然地处南欧,但是一连多日阴雨。黯然的心情无以排遣,于是我打算去马略卡岛①走走看看。

　　伫立蓝宝石般的地中海岸边,只想抛开心头沉郁的关于死的重负。死者已长眠于墓中,而对死者的吊慰也必须有个场所来安放。

　　而关于这座马略卡岛的称呼,又是个十分复杂的问题。

---

① 西班牙巴利阿里群岛中最大的岛屿,其首府帕尔马(Palma)同时是整个巴利阿里群岛自治区的首府。

岛名写作 Mallorca,估计在日本学过标准的卡斯蒂利亚语的人都会读成"马略卡",可是大多数卡斯蒂利亚人读出来的发音却成了浊音"马乔卡",而岛上的当地人则又按照加泰罗尼亚式的发音读成"马约卡"。

如此一来,如何取舍着实让人困惑。我猜想,据说是由这座岛上的人发明的酱料的一种——蛋黄酱,它的日语读音很可能才最接近这座岛名字的原始发音吧。① 因此,为表示对这种渊源有自的尊重,我在后面也用作为加泰罗尼亚语分支的马约卡语的发音,姑且称这座岛为"马约卡"吧。

从巴塞罗那前往马约卡,搭乘飞机仅需十五分钟,真让人有点还未尽兴的感觉。我以前从阿尔及利亚返回时曾经乘船在这座岛停靠过,在帕尔马住了一晚上,不过那一次,最终只剩明亮热闹的码头与狭窄的犹太人居住区——其昏暗让人情不自禁联想到中世纪——形成的鲜明对照印在了脑海里。不过,这对照却是那样的强烈。

如今只要一说到"马约卡"这个词,立即就令人想到度假、别墅等词,作为欧洲人和阿拉伯富豪们的一大观光地,它早已经闻名遐迩。马约卡、梅诺卡、伊维萨这三个较大的岛屿和另

---

① 蛋黄酱的日语读音 mayoneezu 近似"马约乃滋"。

外两个有人居住的属岛共同构成巴利阿里群岛。每年大约有 600 万名游客搭乘飞机、约 90 万名游客乘船来到马约卡，除了旅游胜地，似乎已经找不到其他词语来称呼它了。600 万人，甚至远远超过了首都马德里的人口，是巴利阿里群岛本身约 40 万人口的 15 倍。

这是个恐怖的数字。不过当你在淡季时来到这里就会发现，事实上并没有那么恐怖，除了酒店、观光设施、观光巴士上满是游客之外，其他地方并无什么特别的。农民们干着农活，渔民们专注于捕鱼，而导游以及酒店的土木建筑等工作，主要由从西班牙本土来的人从事。德国人在这个观光胜地的举止让人不忍卒看。当然，在这里我必须赶紧声明一下：春季圣周①期间以及旺季时的情况我不清楚。不过，要说由 17 倍于本地总人口的外来人，也就是所谓"观光客"络绎不绝前来而带给这里什么样的社会变化，作为外国人我可能反而缺乏切实的感受吧。

位于地中海正中央的这个群岛，根据一些可靠的书籍介绍，各岛在地理学、地质学上有着截然不同的始源。马约卡

---

① 圣周（Holy Week）又称受难周是指从圣枝祭（复活祭前的最后一个星期日）至复活祭前一日的一个星期，多数信奉基督教的国家在这一周放假并举办多种纪念活动。

和伊维萨两座岛屿属于西班牙本土包括安达卢西亚地方在内的内华达山系的延伸；梅诺卡岛则与科西嘉岛、撒丁岛等同属于另外一个地质系统，是在一次剧烈的地壳运动导致陆地突然沉降形成地中海的过程中，幸运地存留下来的陆地的一部分。然而这些岛屿相距并不遥远，为什么命运却如此不可思议地不同呢？看来地球或者地壳这玩意儿实在难以捉摸啊……

不过稍作了解之后再去看看就会发现，马约卡岛西北部的海岸多是最高达 1500 米的山峦，而梅诺卡岛的海岸基本上都在海拔一两百米左右，整座岛屿地势平坦。果然它们在地理学抑或地质学上拥有完全不一样的地貌。

由于这些岛屿从地理上讲处于非洲北端与伊比利亚半岛的中间位置、地中海的正中央，因而不难想象，自古以来，它们经历了各种各样的命运，就像变色龙改变颜色一样不停地变换着主人——腓尼基人、迦太基人、希腊人、罗马人、西哥特人、土耳其人、摩尔人……即使在基本确定为西班牙的领地之后，也曾有一段时期被欧洲大陆的强权统治过，当时阿拉贡王国与西西里岛、拿波里合为一国。十六世纪以后，西班牙逐步走向统一，这些岛屿被进一步明确为其势力范围。然而，此时的西班牙自身开始热衷于"发现"新大陆和从世界各处攫取财富,对身边的这些岛屿近乎弃之不顾。一旦弃之不顾,自然就有人瞄准了这里,乘虚而入。这便是海盗。

这里从来就不缺向往来地中海沿岸当海盗的无藉之徒,有的甚至大老远地从英吉利跑来。

这里宛如地中海上的一个旋转舞台,或者一座圆形剧场,舞台的主人公总是那些从岛外跑来的人,他们带着武器而来。

由于这样的原因,帕尔马城被高大而坚固的星形城墙包围着,城内有名的哥特式大教堂,顶部也建造得宛似城堡一样坚固。位于城西山丘上圆形的柏柏尔人城堡,更是在城墙上挖有两道堑壕,所有房屋很少开设窗户,为的就是增强防范。如今,因为道路交通都仰赖汽车,这一圈星形城墙已经被拆除,改建为城内一条主干道路。但因为道路呈复杂的锯齿状,租车自驾前来的游客到此必定迷路,从而引发交通堵塞。

关于这座大教堂简单介绍几句。托雷多、塞维利亚以及巴塞罗那等地的大教堂都建在城市中心,但由于挨近市民的住宅和商业建筑,很多人无法看到教堂的全貌因而感到遗憾。对这些人而言,帕尔马的大教堂(以前)几乎就像屹立在波涛之上一样,特别适合观赏。饱览着这样的美景,对于昔日漂泊于海上的水手们怀着虔诚和崇敬望而祈祷,以及来自各地的海盗为什么会舔着嘴唇难抑胸中的野心,也许会有更深的理解吧。

　　这里又是基督教世界的一道边境,南面对岸便是北非伊斯兰世界。由此你大概也会懂得,为什么中世纪五大天主教教义学者之一拉蒙·卢尔①会诞生于这个岛了。顺带着,将这五大教义学者中另外四位先行者的名字列举于下,即:法国的皮埃尔·阿伯拉尔、德意志的阿尔伯特·麦格努斯、意大利的托马斯·阿奎那,以及英国的约翰·邓斯·司各脱②。

　　简而言之,这五人的名字可以说都不是我们所熟知的,因此就不在这里多加详述了。拉蒙·卢尔这位大学者是1232年这座岛屿被从伊斯兰教徒手中夺回之后第三年出生的,联想到这一点,似乎能够感受到一种历史的急迫感——世界太需要这样的人登场了。

　　拉蒙·卢尔不仅是一位神学家、教义学者,他还研学阿拉伯语,同对岸的伊斯兰教徒进行辩论。不止于此,他甚至精通

---

① 拉蒙·卢尔(Ramon Llull, 1235—1315):西班牙哲学家、神学家、宣教士、诗人,代表作有《学问之树》《新自然学概说》《人间论》等。今天的拉蒙·卢尔大学即是以其名字命名的。

② 皮埃尔·阿伯拉尔(Pierre Abélard, 1079—1142):法国经院哲学家、神学家,被认为是唯名论的开创者,代表作有《逻辑学》等;阿尔伯特·麦格努斯(Albertus Magnus, 1193—1280):通称大阿尔伯特,德意志经院哲学家、神学家,代表作有《物理学》等;托马斯·阿奎那(Thomas Aquinas, 1225—1274):意大利经院哲学家、神学家,是托马斯学派的创立者,也是自然哲学最早的提倡者之一,代表作有《神学大全》等;约翰·邓斯·司各脱(John Duns Scotus, 1266—1308):英国哲学家、神学家,代表作有《牛津评注》等。

语法学、逻辑学、修辞学、数学、音乐、几何学、天文学、地理学，他还是一名旅行狂人，几乎走遍了地中海和欧洲全域，而他作为一名炼金术士也在全欧洲享有盛名。非常遗憾的是，我对这些领域几乎全然不通，只能说，他的学问太深广了，以至于对他的评价也参差不一，就连马约卡岛的居民也为要不要为他建纪念铜像而踌躇了很长一段时间。

这位大师的名字"卢尔"，是按照加泰罗尼亚语的发音读的，而在欧洲各地还被读成各色各样、五花八门，或读成"琉里"，或读成"卢里奥"……这似乎也同他一生颠沛流离的命运相互映照。他主张通过辩论、说服使异教徒改宗，而不应该以十字军等暴力形式去进行所谓的"夺回圣地"运动。因此数度有人上书罗马教廷建议认定他为圣人，但至今也未能实现。由于醉心于炼金术，他也遭到了不友好的对待。

如今，傍依着海岸的高速公路的一段支路旁，终于矗立起一座他的纪念铜像，迎着海风悠然傲立。铜像长发披肩，宛似浮士德，须髯及胸，微风之下仿佛在轻轻飘拂。这位大学者、大旅行家的棺椁被收纳于靠近大教堂的圣方济各会，略微斜靠着墙放置在那里，这大概也象征了他长期以来得不到公正评价的状态吧，似乎至今也未有定论。

在大教堂正门的前面，有一座阿尔穆德纳王宫。这是昔日摩尔人的王居住的宫殿。身为伊斯兰教徒的君王，竟然若无其事地居住在欧洲基督教建筑中最具代表性的教堂之一前面，而且宫殿与大教堂并无任何不和谐，两者相安无事和平共处。这一事实似乎值得我们深思，人类是不是真的具有足够的智慧，从历史中吸取深刻的教训呢？

我前往马约卡岛，倒不像前面所写的完全是为了排遣内心的情感，事实上我也和普通游客一样，或者泡在酒店泳池里，或者躺在一片一片掩荫在断崖后面的沙滩上晒肚皮——海水之透明和清冽，绝对是令你无法拒绝的。

我一直以来的困惑之一在这个岛上同样存在，并且由于这里是岛屿的缘故似乎显得更为深刻。我在想，这个困扰我的问题如今怎么样了呢？

我在这里想说的，就是关于犹太人的事情。

当然，我没有资格谈论犹太人这样大的话题。然而，稍稍掌握了一些知识然后游历欧洲的人，在巴黎第四区"蔷薇街①"一带、布拉格城中、抑或科尔多瓦和塞维利亚城中，总会发现那些空间逼狭、飘溢着异样氛围的社区。它们样貌差不

---

① 巴黎知名的犹太人聚居地和犹太文化中心。

多,房子的入口大都狭小而低矮,在布拉格的某些地方你甚至会情不自禁怀疑这是不是小人国里小人们的家,人在里面估计只能成天低头弯腰地生活。其中不少地方已随着城市改造和再开发计划而被拆除,但是这种氛围与周围格格不入、令人感到提心吊胆的社区直至今日仍旧存在。

在此引用一段萨特的描写:"……长着黑黝黝的蜷须,鼻子少许有点歪斜,招风耳,戴着副铁丝边框眼镜,一顶圆顶硬礼帽几乎压低至眼睛,穿着一套黑色的西服,动作迅敏得近乎有点神经质,脸上虽说浮着异样的微笑,但微笑之中满溢着愁苦。"(引自《犹太人》,萨特著,安堂信也译,1956)这样的人,想必大家一定也曾见到过几个。

20 世纪 70 年代初我在葡萄牙北部农村旅游,看到的光景简直令我怀疑自己的眼睛,我看到的真的是二十世纪的现实吗?

村子紧挨着一片荒凉不毛的丘陵,名字已经记不得了,常住人口仅有约 6000 人。村子入口和出口处的山岩上都矗立着与村子规模完全不匹配的巨型石制十字架,仿佛在向任何外来的威胁发出警告似的。渐渐地,我开始有些习惯了这样的景象,随即惊喜地发现:大凡在一些村镇的入口或出口,抑或其中的小型广场等处,非常突兀地矗立着不相称的十字架,就说明这些村镇里居住着犹太人，这样判断大致是不会弄错的。而这些十字架，则是用来向人发出警告的。

当时恰好是三、四月相交的圣周期间。家家户户全都将自家最得意的刺绣桌布或床单拿出来挂在门前的露台或窗上，有钱人家还会挂真丝地毯，并且用翠绿的棕榈叶作装饰。然后，从教堂——规模也往往大得与村子很不相称——走出一行人，神父走在最前面，十来个男子肩扛着一尊带基座的基督受难像步出教堂；在他们身后是身着正装、在村里有地位有影响力的人物以及警察等，再后面是一群背后插着天使翅膀的儿童。圣母玛利亚的像也被从另一座教堂里扛出来。所有人都流露着一种阴郁压抑的情绪，只有背后插着天使翅膀的儿童们喜笑颜开，因为对他们来说，这是一年一度的节日。

我眺望着这群人。基督受难像在村子里每户人家门前依次停下，每户人家的所有成员都恭恭敬敬地弯腰去亲吻基督的脚。我不由得暗自揣度，似乎这种亲吻是被强迫的。

后来我回到马德里和朋友说起这件事，朋友告诉我，葡萄牙那个地方虽然改宗信了天主教，但是私底下很多人还是固执地遵守着犹太教的仪式，至今还是有很多人保留着对犹太教的信仰，正因为如此，他们身上总发散着一种阴郁的氛围。

也就是说，他们是隐饰的犹太教徒。而隐饰自己信仰的人不能称为犹太教徒。长期以来,他们被人蔑称为 Marranos,就是"猪猡"。他们瞒着其他人——那些自很久以前就信仰基督教的村民,从逾越节①第三天开始偷偷制作不使用任何发酵剂的面包。因为秘密不可被别人知道,所以犹太教徒特有的割礼仪式他们是不举行的。而这种事情同样是不可以被别人知道的,所以……

像这一类的秘密,隐饰起来不让别人知道,时至今日已经无甚意义了。然而,"隐饰"这一规矩一直到现在仍然被固守着。因此也可以说,天主教的神父至今仍保留了一种异端审问官似的身份。

"猪猡"这个词,以前阅读哲学家斯宾诺莎②的传记时曾看到过。这位大哲学家的先祖早在罗马时代就已经生活在今天西班牙北部卡斯蒂利亚-莱昂地区一个叫埃斯皮诺查的村子里了。1492 年,伊莎贝拉和费尔南多双王将格拉纳达最后残余的摩尔人赶跑之后,很快发布了驱逐犹太人的命令,斯宾诺莎的先祖被迫移居葡萄牙。当时有多少犹太人被驱逐,又或

---

① 源自《出埃及记》,对犹太人而言是最重要的节日之一。
② 巴鲁赫·德·斯宾诺莎(Baruch de Spinoza, 1632—1677):出生于荷兰一个犹太家庭,是近代西方著名理性主义哲学家之一,代表作有《神学政治学》《伦理学》《知性改进论》等。

者被迫改宗信奉天主教,已经无据可查了,但一定是个庞大的数字。"如此一来,唯一一个有能力将早期资本主义的勃勃生气引入卡斯蒂利亚的集团从卡斯蒂利亚的社会生活中销声匿迹了。"(《西班牙史》,J·比森斯·比韦斯著,小林宏一译)从上面所引的这句话中也能想象得到。留下来的,或被称为"新基督教徒",或被称为"猪猡"。犹太人不吃猪肉,于是这些新基督教徒中有些人不得不将培根挂在自家门上,以表示自己是基督教徒而非犹太教徒。真是辛酸至极的故事。

十五世纪逃往葡萄牙的犹太教徒超过了 20 万人,占到当时葡萄牙人口的五分之一还多。可是谁也想不到,在西班牙驱逐犹太人之后五年,逃至葡萄牙的犹太人也遭遇了或改宗或死亡——二者择一的命运,斯宾诺莎的先祖于是又逃往荷兰。

毋庸讳言,在今天的西班牙也好葡萄牙也好,信仰自由已经得到保障,大城市中都有犹太教的教堂。然而,前者在佛朗哥独裁统治时期、后者在萨拉查①独裁统治时期,对礼拜天不

---

① 安东尼奥·德·奥利维拉·萨拉查(António de Oliveira Salazar, 1889—1970):葡萄牙政治家、学者。1932 至 1968 年期间担任葡萄牙总理,并建立带有法西斯性质的政体"新国家",该体制在他死后的 1974 年于"四二五"革命中被推翻。

去天主教堂的"猪猡"又进行了迫害,人们竟向秘密警察告发犹太教徒们是共产主义者,真是岂有此理。

犹太人在欧洲的历史,不需要萨特《犹太人》的揭露,人们也完全能想象得出它其实是一部欧洲的黑暗史。改宗信奉了天主教的一部分犹太人,为了证明自己的改宗、虔诚,转而成为异端审问官或其助手,专门检举和制裁自己同胞中隐饰的犹太教徒——宗教狂热竟令人们做出如此有悖人道的事。类似的记载,无疑将这种黑暗揭示了出来,大白于光天化日之下。

帕尔马城不算大。港湾码头一带酒店餐馆林立,海湾里泊满了游艇帆船。然而值得观光的不仅仅是这儿,进到旧城墙里面,沿着古旧的街道走下去,那里同西班牙大多数中等规模以上城市中的老城区没什么两样。这其中,由于帕尔马大教堂和圣方济各堂的迫临,街道向旧城墙方向缩了进去,宽度陡然减小,假如驶来一辆汽车,便不得不朝某户人家门口挨上去以躲避汽车,一股中世纪氛围直逼眼前。

这个叫拉波尔蒂利亚的地方,是犹太人聚居的社区。马约卡岛上的犹太人被称为"犰厄塔斯"(Chuetas),他们都是数辈以前就改信基督教的犹太教徒,却仍然被单独冠以这个专有名称。犸厄塔斯这个词的起源已经无法追溯清楚了，但似乎还是与那个他们与之难以切割开的蔑词"猪猡"有着密不可分的关系。据说和马约卡语中的"培根"即 chuyu 一词有关，也有一种说法则是说它源自 chuletu（意为"带骨头的猪肉"），不过好像总归和表示犹太人的 Jueu 这个词有那么点渊源关系。

狭窄的街道飘溢着中世纪的阴森氛围，这里的建筑虽然并不算低矮，但是房子的入口却一律较其他地方的要低矮一些，成年人不得不略弯下腰来才能进出。我走进其中一户人家，我的朋友事先将我介绍给了这户的主人。（我在巴塞罗那住的公寓前面是一所犹太人小学，学校的围墙上满是涂鸦，有人涂上"犹太人是猪猡"字样，又有人在其上面再涂上"希特勒也是猪猡"以示回击。）

我小心翼翼地从帕尔马的景色开始聊起。

被介绍的这位主人经营着一间手工银饰品铺子。然而他一眼便识破了我的真正用意。

"哦，我知道您想来问什么……"

这是位年纪大约六十七八岁的老者。

"不管怎么样，我们都被叫作犸厄塔斯，难道我们的屁股上真的长着尾巴？我们和他们没有一点点不同，和来这里旅游的有钱的欧洲人也没有任何不一样,可是,我们却几百年来一直受人歧视。眼下,这一带只剩下十六户人家了,我们每家都拿出钱来,捐给社区、捐给整个岛。这样一来,表面上看好像不把我们当成外人了,可是无论我们在哪里、我们做什么,还是很在意岛上居民的目光,如今虽然说结婚啦、上学啦都自由了,可尽管这样……"

"我想还是要感谢现在的旅游热,因为这种旅游热往深层意义里说,有助于打破岛上传统的社会构造。对那些在游船码头工作的年轻人来说,没有什么犰厄塔斯不犰厄塔斯的。他们一年到头光着膀子,觉得虽然现在还存在歧视,但这种偏见会渐渐消失的。倒是我这个老头,看到这儿的犰厄塔斯一个个的都走了,还真有点伤感哪,感觉好像犰厄塔斯的骄傲也一点点被磨掉了。"

"您问我觉得以色列怎么样?这个岛,还有摩洛哥的很多人都去了以色列,可是最近不少人又跑回来了。想知道为什么吗?现在和过去生活在西班牙和摩洛哥的犹太人,大部分是塞法尔迪系犹太人,包括我自己也是,可是在以色列有权有势的那帮家伙,几乎都是从法国、北欧,还有北美过去的阿什肯纳兹系犹太人。所以,一旦我们去到以色列,照样被视为犹太人当中的贱民,好像他们是白人,我们是黑人一样。政府机构也好，学校也好，不管在哪里，我们都是少数派，只有在监狱我们才变成了多数派。本来以为去了一个应该是没有差别、没有歧视的地方，结果照样遭到歧视，您说这是不是犯傻？这种歧视更加的不人道！"

"日本有多少犹太人？听说日本经济发展很不错呀……"

大概聊了这些，我便告辞离开。

我不是不了解犹太人分为两大族群，但是我不曾想到，在以色列，同为犹太人却仍然会遭受如此严重的歧视。

上面有关犹太人的记述，我不打算从中引出什么议论或者结论，因为我没有资格说什么。

但是，这些文字必将在我心里留下某种深刻的烙印。我将带着这个烙印继续旅行。这样做，只是为了让我能始终保持一腔热情。

"一种被动情感，只要当我们对它形成明晰的观念（认识），便立即不再是被动情感。被动情感是令人产生认识混乱的观念。"说这段话的，正是前面提到的斯宾诺莎。在这里，被动情感（passion）再往前进一步，就是暴力了吧；假如将第一个字母大写，写作 Passion 的话，就是基督受难的意思了。

太深奥了——我不由自主地想。

热情、暴力，当我们对它形成一种明晰的认识后，也许它就会消失吧。然而，这是否意味着热情抑或暴力这种东西就不存在于人类世界了呢？这是不可能的。

我朝岛西北部突起的山丘走去。

岛的中央平原开满桃花和樱花，山坡上则生长着橄榄树。橄榄树是伊斯兰教徒带到岛上来的，摩尔人在农业以及灌溉、抽水等方面的技术比伊比利亚半岛上的民族更加先进。

山丘上覆盖的植被又是另一番景象，渐渐能看到松树、杜松、榉树等。跨过山谷继续向上，来到了位于山丘上的巴尔德莫萨镇的修道院。

这座修道院也已然成了岛上的观光资源——我讨厌这个词——对此我却一无所知。

肖邦同乔治·桑曾经在这里一起度过一个冬天。虽然还是三月的早春，英国人和德国人的旅游团已经乘坐巴士蜂拥而至了。修道院内的每个房间，肖邦都无所不在，纪念品的八音盒里的音乐是肖邦的《夜曲》，墙上挂着德拉克洛瓦①画的肖邦像复制品。肖邦曾经使用过的钢琴也被展示在这里，琴上

---

① 欧仁·德拉克洛瓦（Eugène Delacroix，1798—1863）：法国浪漫主义画家，代表作有《自由引导人民》等。

还搁着他作曲的乐谱草稿的复印件，很难想象修道院里会备有钢琴，或许肖邦是从巴黎将钢琴带过来的吧。一边的墙上还有曾经在这里演奏过肖邦作品的科尔托、鲁宾斯坦等著名钢琴家的签名，最后面的一个签名看着像是日本的音乐家津田理子。看到这里，我匆匆离去。

后来觉察到肖邦和乔治·桑二人并没有正式结婚，修道院所在小镇的人们开始毫不客气地对他们恶语相向，二人在这里只待了一个冬天便悻悻离去。然而现在，这却成了这座岛上最吸引人的卖点，除了海水和阳光。

相较于这样的卖点，我对修道院附近一棵树龄超过两千年的橄榄树更加感兴趣，它真的令我非常惊喜。树龄超过两千年，意味着这棵巨树的诞生比耶稣基督还要早。不仅如此，树身上看不到一个虫蛀的洞眼，跟树龄三五百年的普通老树相差无几，这同样令我很感兴趣。树干虬曲的样子，好像一个人纤身回眸似的。我简直爱上这棵橄榄树了。大概是惠风和畅、天气适宜的缘故，我看见银绿色、稍稍有点硬的肉质叶片之间开出了几朵小花。

返回平原，然后向东北方向穿过岛屿，来到东北部的海岸，再从那里前往全岛最北端的岬角福门托尔角（北角）。我似乎对于探足像大地之极一类远离中心、位处端涯的场所情有独钟。我今晚的落脚点就在那里,据说是已故的丘吉尔首相喜欢的一家旅馆。

海水湛蓝,一座灯塔巍然屹立在海拔 200 米的陡直的危崖上。

> 鸽群在这宁静的屋顶散步,
> 在松林与坟茔之间扑动。
> 正午用它的火焰描摹大海,
> 大海摇漾不止,周而复始。①
>
> ——铃木信太郎译

为了不被海风吹倒,我将身体贴在岩石后面,眺望着缓缓升腾至与水平线齐平的"宁静的屋顶",眼前不由自主地浮现出一幅壮烈的景象:一位像是保罗·瓦莱里那样充满智慧的诗人,将海滨的墓园(代表死)和"摇漾不止、周而复始"的大海(代表生),视为一座生与死的圆形剧场。他伫立其间,对着大海和天空喝道:"至美天国啊,至真天国啊,看一看变貌的我吧!"大声宣告了一个活在当下,并且永恒不死的自我,这形象

---

① 引自保罗·瓦莱里的诗作《海滨墓园》中的第一节。

栩栩如生地屹立于大海之上。

　　这位诗人，不愧是属于地中海上的圆形剧场的诗人。

　　我从尖突的海角继续前往对岸的阿尔库迪亚镇，把对于老友芥川比吕志君的追忆安放在了那儿的古罗马时代的半圆形剧场遗址。

　　然后，在离开那座半圆形的剧场遗址之际，我忽然想起前面提到的那位犹太老者在告别时对我说的话：

　　"¡Vaya en paz!"

　　这句话翻译过来，大概就是"祝您平安！"吧。

后　记

　　人的热情，究竟能够驱动一个人走到何处、走得多远？从年轻的时候起，我就常常为这件事情无谓地悬度。

　　与此同时，年轻时所经历的那些事件，例如 1936 年至 1939 年爆发的西班牙内战、纳粹德国和意大利法西斯的猖獗一时，以及日本发动太平洋战争等等，让那个黑暗的时代给我留下了难以磨灭的烙印。

　　为了给人生中的某一段岁月划上一个句号，我写下了这些散记。

　　执笔是在 1880 年至 1882 年期间，分别写于西班牙加泰罗尼亚的乡村和巴塞罗那，并连载于《世界》杂志 1981 年 4 月至 7 月刊、9 月至 12 月刊，以及 1982 年 4 月至 6 月刊。

1982 年盛夏

于巴塞罗那

笔者

JONETSU NO YUKUE: SUPEIN NI ARITE
by Yoshie Hotta
ⓒ 1982 by Yoshie Hotta
Originally published in 1982 by Iwanami Shoten, Publishers, Tokyo.
This simplified Chinese edition published in 2022
by Zhejiang Literature and Art Publishing House, Hangzhou
by arrangement with Iwanami Shoten, Publishers, Tokyo.
本书中文简体字版版权，浙江文艺出版社独家所有。
版权合同登记号：图字：11－2018－129 号

图书在版编目（CIP）数据

　　热情的去向/（日）堀田善卫著；陆求实译. —杭州：浙
江文艺出版社，2022.4
　　ISBN 978－7－5339－6749－9

　　Ⅰ. ①热… Ⅱ. ①堀… ②陆… Ⅲ. ①散文集－日
本－现代 Ⅳ. ①I313.65

　　中国版本图书馆 CIP 数据核字（2022）第 000094 号

策划统筹　曹元勇
责任编辑　李　灿
文字编辑　苏牧晴
营销编辑　耿德加　胡凤凡
封面设计　人马艺术设计·储平
责任印制　吴春娟

热情的去向
［日］堀田善卫　著
陆求实　译

出版发行　浙江文艺出版社
地　　址　杭州市体育场路 347 号
邮　　编　310006
电　　话　0571－85176953（总编办）
　　　　　0571－85152727（市场部）
印　　刷　上海中华商务联合印刷有限公司
开　　本　850 毫米×1168 毫米　1/32
字　　数　110 千字
印　　张　6.5
插　　页　4
版　　次　2022 年 4 月第 1 版
印　　次　2022 年 4 月第 1 次印刷
书　　号　ISBN 978－7－5339－6749－9
定　　价　52.00 元（精装）

一本书打开一个世界

欢迎订购、合作
订购电话：0571-85153371
服务热线：0571-85152727

KEY-可以文化

浙江文艺出版社

京东自营店

关注 KEY-可以文化、浙江文艺出版社公众号，
及浙江文艺出版社京东自营店，随时获取最新图书资讯，
享受最优购书福利以及意想不到的作家惊喜